www.tredition.de

Ceren Doga

Wir im Wandel

www.tredition.de

Texte:	© 2017 Ceren Doga
	ceren.doga@web.de
Umschlag:	99 Designs
Redaktion:	Philologicus – Mit Liebe zum Wort
	Kristin Freter
	info@philologicus.de
Illustration:	Martina Jeske
Verlag und Druck:	tredition GmbH
	Halenreie 40-44
	22359 Hamburg

ISBN
Paperback: 978-3-7439-7695-5

How do we *forgive* ourselves for all the things we did not become.

— Doc Luben —

Inhalt

1. Aufhören, wenn's am besten ist

Wir waren wunschlos glücklich, als auch der zweite Schwangerschaftstest schon nach vierundvierzig Sekunden – natürlich hatten wir mitgezählt – positiv ausfiel. Was anderer Leute größter Albtraum war, war unser größter Traum und als wir uns glücklich und erleichtert küssten, hatten wir beide Tränen in den Augen und ein Grinsen im Gesicht. Für uns beide war es das erste echte Lachen seit einer wirklich langen Zeit gewesen. Wir hatten dieses Jahr viel durchgemacht: sie mit ihren Eltern und ich mit meiner Arbeit. Manchmal könnte ich schwören, dass meine Chefin mich hasst.

Doch das war zu dem Zeitpunkt mehr als egal, das einzig Wichtige war, dass wir endlich unsere eigene kleine Familie gründen konnten. Um das Geld brauchten wir uns keine Sorgen zu machen. Obwohl ich meine Arbeit nicht so wirklich mochte, verdiente ich genug Geld, um meine Frau, mich selbst und ein Kind zu versorgen. Ich war ein angesehener Banker, nur meine Chefin konnte mich nicht leiden; vielleicht, weil ich jetzt schon besser war als sie. Obwohl ich die Arbeit selbst immer sehr gemocht hatte, belehrte sie mich eines Besseren, nämlich sie zu hassen.

Doch an die Arbeit hatte ich beim besten Willen nicht gedacht, als diese qualvoll langen vierundvierzig Sekunden endlich vergangen waren und der zweite Streifen auf dem Test erschien.

Wir hatten beide schon immer davon geträumt eine Familie zu gründen, doch es hatte sich für uns nie der passende Zeitpunkt gefunden. Bis vor genau einem Jahr.

Der Test war positiv ausgefallen und wir lagen uns in den Armen wie selten zuvor. Nach kurzer Überlegung hatten wir Sex. Schließlich war das Baby ja noch nicht da und irgendwie muss man feiern. Es war der beste Sex, den wir seit Langem hatten. Vielleicht auch der beste überhaupt. Generell waren die neun

Monate für uns zwar unendlich lang, aber mindestens genauso schön. Wir hatten tausend Namen gefunden und am Ende auch den für unseren kleinen Engel: Perdita.

Sie befürchtete, dass es vielleicht ein schlechtes Omen sein könnte – doch es hatte sich richtig angefühlt und – das war es am Ende ja auch.

Wir haben uns in ihr verloren. Wir haben uns durch sie aber auch zum ersten Mal selbst gefunden. Sie hat uns enger zusammengebracht, als es sonst irgendetwas jemals hätte tun können. Die Schwangerschaftssymptome, die andere in den Wahnsinn zu treiben scheinen, füllten unsere Herzen mit Glück. Und als es dann nach endlosen vielen, endlos langen Saure-Gurken-und-Nuttella-Nächten soweit war und die Wehen einsetzten, waren wir so schnell wie bestimmt niemand vor uns im Krankenhaus. Dass ich auf dem Dreikilometerweg ganze vier Mal geblitzt wurde, war uns egal. Das Einzige, was wirklich wichtig war, war das Kind und die Aussicht, dass wir gleich Eltern werden würden.

In den Momenten, wo andere Frauen „Ich hasse dich!" gekreischt und geflucht hätten, hatte sie Freudentränen in den Augen und „Ich liebe dich" und „Bald sind wir drei" geflüstert. Alle guten Dinge sind drei, schätze ich, denn als wir unser kleines Mädchen dann endlich in den Armen halten durften, waren wir beide wunschlos glücklich. Monatelang hatten wir das Haus auf ihre Ankunft vorbereitet. Ich hatte es komplett neu gestrichen und ihr Zimmer in ein zartrosafarbenes Mädchenparadies aus Tüll und Plüsch und Kristallen verwandelt.

Doch sie hat es nie zu Gesicht bekommen und wird es auch niemals sehen.

Sie war so klein und ihre winzigen Hände umklammerten meinen Daumen. Sie gab ein leicht blubberndes Geräusch von sich, ein bisschen wie ein Lachen. Wir dachten, sie hätte sich vielleicht verschluckt und belächelten die Situation am Anfang sogar. Als sie dann plötzlich nicht mehr atmete, versammelten sich so viele Ärzte um uns herum, dass man meinen könnte, es gäbe eine Ärztekonferenz in unserem Zimmer, aber die Sache war dann doch weniger lustig.

Drei Monate hat sie im Brutkasten um ihr Leben gekämpft, wir waren die ganze Zeit bei ihr. Aber es hat alles nichts genützt, sie ist gestorben. Erstickt. Die Ärzte erzählten uns irgendetwas von irgendeiner superseltenen Krankheit. „Lediglich 1 von 10 Millionen Neugeboren ist betroffen. Ich hätte niemals erwartet, dass ich so einen Fall miterleben würde."

Uns waren die Ärzte, die sich viel zu schnell in unserem Zimmer versammelt haben, immer ein bisschen zu enthusiastisch vorgekommen. Vor allem dieser eine Chirurg.

Als wir uns endgültig von unserer Tochter verabschiedet hatten, war genau ein Jahr vergangen. Vor einem Jahr hatten wir nach genau vierundvierzig Sekunden den zweiten positiven Schwangerschaftstest gesehen. Vor genau einem Jahr waren wir zum Arzt gefahren. Und danach immer wieder. Wir haben nie auch nur eine Untersuchung verpasst. „Ich habe selten eine so glückliche schwangere Frau gesehen. Alles läuft bestens, Sie und Ihr Baby sind kerngesund." Das hat uns der lächelnde Arzt immer versichert. Und wir haben es natürlich geglaubt. Es lief ja auch alles bestens. Bis wir sie verloren haben.

Jetzt sitzen wir in getrennten Zimmern, denken über ein und dieselbe Sache nach. Grübeln, ob wir vielleicht irgendwo einen Fehler gemacht haben.

Alle guten Dinge sind drei, schätze ich, und wir sind wieder nur noch zwei, und eigentlich nicht mal mehr das. Sie hat uns weiter auseinandergetrieben als es sonst irgendetwas hätte tun können.

2. Höhenrausch

Er ist erst zwei Jahre alt. Trotzdem türmen sich in seinem königsblauen Zimmer in jeder Ecke pädagogisch wertvolle Spielzeuge. Er ist schließlich etwas ganz Besonderes. Das hat der Arzt bestätigt. Hochbegabt, hat er gesagt. Sie wussten vorher nicht, dass man so früh schon feststellen kann wie erfolgreich ein Mensch später werden wird. Er war immer schon sehr unruhig gewesen. Aber das legt sich sicher, haben die Ärzte gemeint. Sie haben vielversprechend gelächelt.

Sie waren nicht direkt nach Hause gegangen. Zuerst haben sie noch die ganzen Sachen gekauft. Milo muss schließlich gefördert werden. Sonst wird er genau so, wie die Anderen. Und wer will schon ein Kind haben, dass genau so ist, wie alle anderen? Ihr Kind ist etwas Besonderes. Genauso wie sie selbst, ist es einzigartig. Oft sind sie für ihre Gedanken kritisiert worden. Sie wurden aufgefordert, zu erklären, wie es sein kann, dass es bei so vielen verschiedenen Menschen auf der Welt nur einmal sie beide, und jetzt auch noch Milo geben kann. Sie erklärten es ganz einfach. Für sie waren Menschen wie Murmeln. Kunterbunt. Ihre Farben gab es halt nur einmal.
Die Anderen ganz oft.

Nach und nach verloren sie Freunde. Es hat viele Jahre gedauert, bis sie ihren ersten Sohn bekamen. Es sollte ihr einziger sein. Er ist so schön. Den beiden wie aus dem Gesicht geschnitten. Sie waren wirklich schön. Seine großen Babyaugen ruhten immerzu auf ihren makellosen Gesichtern.
Er weiß noch nicht, was ihn erwarten wird, wenn er erst einmal groß ist. Er weiß noch gar nichts.

Sie tragen ihn immer durch die große Wohnung. Sie ist sehr sauber, aber auch sehr leer. Vollgestopft mit teuren Gegenständen. Allesamt wertlos.

Die Mutter kocht jeden Tag. Immer steht sie in der Küche und zerkleinert Gemüse, verfeinert ihre Gerichte. Ihre Perlenkette glänzt, wie ihre makellos weißen Zähne.

Der Vater ist nie zuhause. Nur abends, aber da schläft er schon.

Sein Kopf ist immer zu voll. Er sagt immer, es wäre, als würde er bald überlaufen, überquellen. Sein Portemonnaie auch.

Genauso wie in den Bilderbüchern, die ihm die Putzfrau immer vorliest. Er hat so viele Bilderbücher. Die Putzfrau fragt sich, ob sie wohl alle vorgelesen haben wird, bevor er selber lesen kann. Immer wieder wischt sie den Staub von den Türmen in seinem Zimmer.

3. Touristenattraktion

Safaritour. Mehr als zweihundert Besucher täglich. Sie alle wollen die sonst so gefährlichen, hier gezähmten Raubkatzen sehen und streicheln.

Menschen haben es schon immer geliebt, Macht über andere auszuüben. Die mächtigsten Tiere. So haben wir uns lange schon betitelt und uns sogar über alle anderen Tiere gestellt. Auf einen goldenen Thron.

Die Tiere auf der Tour helfen sich gegenseitig. Ein junger Löwe hat wohl weniger zu fressen bekommen als seine Geschwister. Kläglich schreit er nach Nahrung. Die er dann auch bekommt.

Die Touristenattraktionen müssen am Leben gehalten werden. Tot nützen sie niemandem etwas. Die Mütter kümmert sich liebevoll um ihr Junges.

Die Touristen machen Mittagspause. Erschöpft von ihrer langen Reise und ihren inszenierten Abenteuern. Sie rümpfen die Nase als sie die Sandwiches sehen, die ihnen angeboten werden. Kaum einer von ihnen isst sie auf.

Wenige Kilometer weiter, ein Dorf. Dreckig und verstaubt. Von der luxuriösen Aura der Stadt ist nichts mehr übrig. Dort sieht selbst die „Natur" sauberer aus als das Innere der provisorisch aus Ästen und Blättern zusammengebauten Hütten.

Er ist noch klein. Er ist aber eigentlich viel älter als er aussieht. Man kann jeden Knochen durch seine dünne Haut sehen.

Er ist nicht der Einzige. Er hält sich schwer auf den Beinen. Seine Knie zittern. Er hat das Laufen nie richtig lernen können.

Der kleine Junge legt sich erschöpft auf den Schoß der weinenden Mutter. Sie küsst ihn und streichelt ihn. Er schließt die Augen, träumt von Essen und wacht nicht mehr auf. Er ist zu hungrig und das Essen in seinen Träumen zu lecker.

4. Beflügelt

Der Tag, an dem ihr erstes Kind auf die Welt kommt, ist wohl der schönste Tag im Leben jeder Frau. Wenn man dann das Baby endlich nach neun Monaten in den eigenen Händen halten darf und es nicht mehr nur im Bauch tragen muss. Auch wenn ich es am liebsten vorher schon da rausgeholt hätte. Ich habe trotz der Schwangerschaft noch ziemlich lange gearbeitet. Ich wollte schließlich keine Hausfrau werden. Und eigentlich ja nicht einmal Mutter. Nichtsdestotrotz habe ich mich gegen eine Abtreibung entschieden. Er musste es schließlich seinen Arbeitskollegen erzählen, sobald er es wusste und die ihren Frauen und du weißt ja, wie das weitergeht. Ich musste es also bekommen. Was sollten die anderen sonst von mir denken?
Und jetzt? Jetzt ist Emily unten und wird vier Jahre alt und ich sitze oben und schreibe, genauso wie damals immer, in meinem Kleiderschrank sitzend, in mein Tagebuch. Ich habe irgendwo gelesen, dass Muttergefühle manchmal erst später einsetzen, doch ich habe selbst nach dieser langen Zeit nichts gemerkt.

Die anderen wissen natürlich nichts davon. Vor allem Mike nicht. Am allerwenigsten er. Gerade eben ist er an unserem Schlafzimmer vorbeigerannt. „Wo hat sich mein Mäuschen versteckt?", hat er dabei gerufen. Ich wünschte, es würde mir auch so leichtfallen wie ihm immer. Ich wünschte, ich wäre auch so leicht wie er immer. Ich wünschte, ich könnte sie lieben, wie er es tut. Kann ich überhaupt lieben? Ich weiß es nicht.

Ich will die Sache mit den Muttergefühlen nicht glauben. Also doch, eigentlich würde ich nichts lieber glauben. Aber ich kann es nicht. Es geht einfach nicht. Ich weiß auch nicht, warum. Er hat nie Probleme damit gehabt. Annika auch nicht. Seit Marvin auf der Welt ist, ist sie eigentlich nur noch am Lächeln und Grinsen. Meistens, wenn sie ihn anschaut; sie lässt ihn ja kaum aus den Augen. Es ist, als würde sie von innen heraus strahlen.

Es ist schon spät geworden. Die Zeit ist viel zu schnell vergangen – ich weiß gar nicht, wohin. Er schläft schon, als ich leise aus dem Kleiderschrank klettere. Er sieht so unschuldig aus, wenn er schläft. Aber tut das nicht jeder? Und sieht er nicht immer so aus? Ich weiß nicht, warum mich seine Schwäche so anwidert. Eigentlich ist sie doch menschlich, oder?
Warum fühl ich dann nicht so wie er?
Sollte das nicht genau anders herum sein? Ich schleiche mich leise in ihr Kinderzimmer. Es ist ein Traum. Wirklich. Tage, nein Wochen, hat er damit verbracht es zu dekorieren, während ich mit angeschwollenen Knöcheln und schlechter Laune im Bett lag. Der Lärm hat mich wachgehalten. Man sieht es dem Zimmer an: alles ist liebevoll eingerichtet und jeder Gegenstand befindet sich an seinem ihm zugewiesenen Platz. Auch Emily. Wie eine Puppe liegt sie da, eingehüllt in mindestens vier Decken. Ihr Daumen steckt in ihrem kleinen Mund. Sie ist eigentlich schon zu alt dafür, aber wir konnten es ihr nicht abgewöhnen. Ihre großen Augen, die einen durchdringen, wenn sie einen anschauen, ausnahmsweise geschlossen. Sie schaut alles und jeden immer so neugierig an. Ihre goldenen Locken werden immer dunkler. Sie sieht immer mehr aus wie er. Doch ihre immer reservierter werdende Art, die manchmal durchscheint, erinnert mich an mich. Sie wird langsam wie ich. In mir kribbelt es und für einen Moment glaube ich, es wäre soweit. Endlich kommen diese Wunderhormone ins Spiel, die alles geraderücken werden. Ich bin doch normal.

Doch es bleibt bei dem einen Moment. Es ist nur der altvertraute Hass, der in mir brodelt. Sie ist nur ein müder Abklatsch von mir. Sie hat mir alles genommen, was ich hatte, meine hart erkämpfte, hart erarbeitete Freiheit. Es war so schwer, sich freizumachen. Vielleicht bin ich eine Rabenmutter. Aber eigentlich nur, weil sie mir die Federn gestutzt hat, weil sie mich daran hindert, davonzufliegen. Es war so leicht, die Freiheit zu verlieren. Warum eigentlich? Sie liegt da so wehrlos. So machtlos. Wie kann etwas so Kleines so viel Macht über mich haben?

Sie ist so zierlich und es wäre bestimmt nicht schwer ... Ich schüttele angewidert von mir selbst den Kopf. Ich ziehe die Tür leise hinter mir zu.

Es hat doch wohl keinen Sinn am Bahnhof zu warten, wenn der letzte Zug schon lange abgefahren ist.

5. Zerplatzte Schultüte

Er hat die Tage lange schon heruntergezählt. Das war der längste Sommer von allen. Er konnte es nicht erwarten, endlich in die Schule zu kommen. Endlich groß zu sein. Seine Schultüte hält er fest in der Hand: So fest, dass man seine Knöchel durch seine Haut scheinen sieht. Das Lachen in seinem Gesicht geht von einem Ohr zum anderen.

Alle lachen. Er mag die Schule. Endlich kommt er in die erste Klasse. Er kann sogar schon seinen Namen schreiben. Stolz hält er sein Namensschild hoch, als der Lehrer ihn nach seinem Namen fragt. Er fragt sich, wieso dieser ihn nicht aussprechen kann: Er guckt, ob er auch alles richtig geschrieben hat. Er sieht keinen Fehler. Die Schule ist schnell um. Er läuft alleine nach Hause. Seine Mutter muss arbeiten. Aber das ist okay. Er kennt den Weg schon gut.

Er steht vor dem Spiegel. Hat sich weit über den Rand des Waschbeckens gelehnt. Er ist ganz nah an seinem eigenen Gesicht. Er ist so weit von sich selbst entfernt. Er häuft die Seife auf seiner Hand. Er hört die Stimmen seiner Mitschüler. Zuhause haben sie nicht gelacht. Hier sieht niemand so aus wie er. Er fängt an zu schrubben. Am Anfang noch ganz sanft, ganz leicht.

Später dann immer härter. Mit seinen Fingernägeln zerkratzt es sich das Gesicht. DRECKIG!, schreit es in seinem Kopf. Er schreit zurück. Hält sich die Ohren zu.

Seine Haare sehen auch nicht so aus wie die Haare der anderen. Er hält sie in den Händen. Dicke Büschel. Schwarzes gekringeltes Haar.

Mama weint.

6. Weiterschieben

Ausgefranst. Immer, wenn sie nervös ist, zwirbelt sie ihren Ärmel zwischen ihren Fingern, zupft und zieht daran. Gerade geht das nicht so gut, auch wenn sie nichts anderes lieber tun würde. Doch ihr hängt ein kleines Kind am Ärmel und übernimmt da das Zupfen und Zwirbeln für sie. „Baby", sagt sie nun, „was ist denn mein Schatz?"

Er spürt, dass etwas nicht stimmt. Ihre Stimme nunmehr ein sanftes Flüstern. „Es ist alles gut mein Schätzchen, du musst keine Angst haben." Doch sie selbst? Musste sie sich fürchten? Wahrscheinlich.

Der Raum, ein kalter leerer Block. Das Licht, hart und ungnädig. Beide merken sofort den Unterschied zum Haus, aus dem sie kamen. Da ist es sanft und umspielt geschmeidig ihre Gesichter. Sie muss häufiger blinzeln als sonst. Sie hat mal irgendwo gelesen, dass man das nur tut, wenn man versucht eine unangenehme Situation auszublenden. Der kleine Junge versucht seine sonst immer starke Fassade aufrechtzuerhalten. Doch auch ihm stehen sein Unbehagen und seine Unsicherheit glasklar ins runde Gesicht geschrieben.

Wie alt er wohl ist? Auf keinen Fall älter als sieben, aber er steht stramm neben ihr. Wie ein Soldat. Wie Papa. Das Einzige was ihn verrät, sind seine Augen und das Zupfen. Seine blauen Augen sind kalt wie Eis. Klar und distanziert.

Ihr Name wird ausgerufen und sie bewegt sich ein wenig zu hektisch zur Tür. Ihr Gang wirkt eingerostet. Als ob sie das Gehen während der Wartezeit verlernt hätte. Sie hat einen starken Akzent. Es ist so, als würde sich ihre Zunge verheddern. Als würden ihre Worte stolpern und nicht den richtigen Weg nach draußen finden. Sie weist sich aus, wie es von ihr erwartet wird. Ihr

Name? Isabella. Nachname. Sie redet zu leise. Wird aufgefordert, sich zu wiederholen. Die Frau hinter dem Schreibtisch steht auf, um ihn besser sehen zu können. Es soll seinen Namen sagen. Er bekommt fast kein Wort heraus. Lysander. Sie wiederholt den Namen. Aus ihrem Mund klingt er schwer und unförmig. Anders als bei Mama. Mama sagt ihn leicht. Sie singt ihn immer ein bisschen. Er mag es, wenn Mama seinen Namen sagt. Er geht seit ein paar Wochen in die Schule. Seine Haare sind viel dunkler als die der Anderen. Seine Haut auch. Sie flüstern immer, wenn er reinkommt. Sie flüstern nie mit ihm.

Flüchtling. Das hört er immer wieder. Er versteht nicht alles, was sie sagen. Aber das hört er immer wieder. Flüchtling. Er versteht nicht, warum sie das sagen. Er rennt doch gar nicht.

Sie rennen immer vor ihm weg.

Seine Mutter tippt ihn sanft an. Die Frau hinter dem Schreibtisch schaut böse. Sie fragt, wie alt er ist. Er sagt es ihr. Er wird viele Sachen gefragt. Er versteht nicht, wieso. Mama erklärt es ihm zu Hause. Zu viele Menschen wollen so leben wie sie. Ihnen geht es gut, sagt sie. Er nickt.

Er fragt: „Und was wird jetzt?"

„Alles gut", sagt sie.

Sie korrigiert ihn nicht wie die Lehrer in der Schule. Zuhause bekommt er das Lob, das ihm auch zusteht. Zuhause bekommt er das Lob, das er in der Schule nicht bekommt. Die beiden gehen am Abend einkaufen.

Im Supermarkt trifft er die Kinder aus der Schule. Er lässt die Hand seiner Mutter los und rennt zu ihnen. Er will sie begrüßen. Doch sie ignorieren ihn. Gehen ein bisschen schneller als vorher. Von ihren Eltern werden sie an die Hand genommen. Ihre Einkaufswägen sind voll. Viel voller als der Korb, den seine Mutter nicht einmal zur Hälfte gefüllt hat. Ihre Herzen sind es nicht.

7. Besuch der Zahnfee

Bei Milo kommt die Zahnfee, wenn ihm ein Zahn ausfällt. Das hat er mir schon so oft erzählt. Es ist lange her, dass mein erster Milchzahn rausgefallen ist. Bei mir kam die Zahnfee nicht. Aber ich habe Glück. Vielleicht hat sie mich nämlich einfach nur vergessen. Ich werde oft vergessen, da ist das schon in Ordnung. Aber ich habe Glück. Ich weiß es. Meistens findet man mich wieder. Auch wenn ich nicht verloren bin, finden sie mich. Ich weiß ja, wo ich bin. Und ich bin ja schon groß, da ist das schon in Ordnung.

Ich bin mir sicher, dass die Zahnfee mich nur vergessen hat. Ich hoffe, sie findet mich wieder.

Als mein Zahn angefangen hat zu wackeln, habe ich ihn noch am selben Tag gezogen. Es war schwer. Es hat geblutet. Viel. Es hat aber nicht so sehr weh getan. Mama hat trotzdem geschrien und mich zum Zahnarzt gebracht. Ich habe niemandem erzählt, warum ich den Zahn gezogen habe. Ich wollte nicht, dass die Zahnfee Ärger bekommt wegen mir. Zuhause hat Papa mich auf mein Zimmer geschickt, aber das war schon in Ordnung. Ich habe alle meine Milchzähne unter mein Kopfkissen getan. Vielleicht freut sie sich, dass ich die alten Zähne für sie aufgehoben habe. Ich mache die Augen zu, doch der Schlaf will nicht kommen. Ich liege still im Bett, habe Angst davor mich zu bewegen. Vielleicht kommt die Zahnfee ja nicht, wenn ich nicht früh genug schlafe.

Ich putze mir die Zähne. Sie sind plötzlich alle da. Jeder einzelne, auch die, die ich schon verloren habe. Und noch mehr. Hinten sind noch mehr Zähne, aber ich muss sie alle putzen. Die Zahnbürste kommt nur schwer nach hinten. Ich putze sie alle und die Zahnpasta schäumt immer mehr. Mein Mund ist zu voll, also spucke ich aus. Aber irgendetwas ist komisch. Es ist nicht nur hellrosa Zahnpastaschaum im Waschbecken. Im Waschbecken sind auch meine Zähne. Gelb und schwarz. Wie kleine Bienen auf Wolken. Ich schaue in den Spiegel. Alles ist so wie immer, eigentlich. Ich schaue in den Spiegel und sehe, wie meine grünen Augen groß und verwundert zurückschauen. Die Sommersprossen auf meinen Wangen und auf meiner Nase sehen viel dunkler aus als sonst. Meine Haut ist so blass. Und mein Mund ist auch groß. Verzerrt irgendwie. Als hätte man ein Foto komisch auseinandergezogen und verwirbelt. Blut rinnt an meinem Kinn herunter, es tropft in das Waschbecken, vermischt sich dort mit meinen Zähnen.

Meine Zähne. Sie sind nicht mehr in meinem Mund, sondern im Waschbecken. Dabei habe ich sie doch jeden Tag geputzt, damit die Zahnfee stolz auf mich ist!

Ich fasse mir in den Mund. Es ist zu viel Blut da und ich sehe nicht, wie viele Zähne ich noch habe. Ich will sie noch nicht verlieren. Ich kann sie noch nicht verlieren. Ich brauche sie doch noch.

Ich verliere sie trotzdem. Einen Zahn nach dem anderen.

Wie sprödes Holz brechen auch die letzten Zähne in meinem Mund ab.

Alle Zähne liegen im Waschbecken. Die Zahnfee kommt nicht mehr. Ich fasse mein Gesicht im Spiegel an, will es trösten, doch ich schmiere es aus Versehen mit Blut ein. Mama wird bestimmt schreien, ich will schreien. Doch ich darf nicht schreien. Sie wird sonst wach. Ich rufe leise nach Papa, aber es kommt keine Antwort. Ich flehe verzweifelt um Hilfe.

Es kommt nur ein gequältes „Pscht" aus der Richtung des Schlafzimmers meiner Eltern.

Ich schlage meine Augen auf. Der Schweiß an meiner Stirn und an meinem Rücken ist kalt, mein Schlafanzug klebt an mir. Ich fasse unter mein Kissen.

Vielleicht bin ich einfach nur zu früh aufgewacht. Vielleicht hat sie mich doch nicht vergessen.

8. Zwischen dir und mir

Freitag
Liebes Tagebuch,
Gestern war kein schöner Tag. Obwohl die Donnerstage eigentlich immer schön sind. Es ist dann nur noch 1 Tag bis – Ich habe eine drei in Mathe bekommen! Ich habe mich nicht getraut, es Mami oder Papi zu sagen. Ich sage es einfach zuerst dir. Ich weiß, es ist dumm, Tagebuch zu schreiben. Ich bin ja auch schon voll groß. Deswegen darf es niemand erfahren.
Ich bin mir nicht sicher, aber ich glaube, ich mag Milo. Ich glaube, er mag Aurora. Sie hat so schöne grüne Augen. Aber ich weiß es nicht. Vielleicht mag er ja doch mich. Das wär super! Ich sage es ihm heute. Freitag ist immer schön. Ich glaube, ich werde Glück haben. Wenigstens bei etwas
dann...

Ich erzähle dir dann alles. Ja?

Deine Mia

Montag
Liebes Tagebuch,

Es ist etwas Schreckliches passiert. Ich konnte das ganze Wochenende kein Tagebuch schreiben. Ich weiß. Es tut mir leid. Ich bin manchmal nicht da. Ich weiß. Es tut mir leid. Aber ich konnte nichts dafür. Es ist nämlich etwas ganz Komisches passiert.
Ich saß Freitag mit Felix und Heinrich auf der Treppe und habe zugeschaut, wie Mama und Papi wieder ihr Programm geschaut

haben. Ich darf es eigentlich überhaupt nicht mitschauen. Mama schimpft dann immer mit mir. Heute hat Heinrich wieder so laut gehechelt, dass Mama es gehört hat. Sie hat nur ein bisschen geschimpft. Sie hat mir einen Gutenachtkuss gegeben und ist wieder zu Papi nach unten gegangen.

Samstag wollten wir ins Legoland. Hab ich dir ja erzählt. Aber Mama hat mich nicht aufgeweckt und Papi auch nicht. Ihre Tür war auch abgeschlossen und als ich Tante Weena angerufen habe, hat sie nur gesagt, dass ich mir keine Sorgen machen soll. Sie hat ein bisschen geweint, aber sie weint ja eh immer ein bisschen.

Später kam dann ein dicker Mann mit einem Schnurrbart. Der Mann war genauso wie in den Filmen, die Mami mit Papi immer so gerne schauen. Aber nicht ganz. Er war sehr nett zu mir. Viel netter als in den Filmen. Da schreit er eigentlich immer und ist böse. Mami und Papi sagen immer, ich darf das nicht schauen. Ich bin ja noch zu klein, sagen sie dann immer. Manchmal höre ich die Stimmen noch, wenn ich versuche, einzuschlafen. Aber das ist nicht oft so. Eigentlich nie.

Ich muss jetzt bei Tante Weena bleiben.

Sind Rhea und Aurora dann meine Schwestern?

Ich weiß nicht, wer meine Mathearbeit unterschreiben wird. Ich konnte ja nicht mal fragen.

Aber Milo hat gesagt, er mag mich auch.

Deine Mia

9. Wünsch dir was.

Ordentlich vor ihr aufgereiht wie Soldaten. Sie schaut in den Spiegel. Sie schaut ins Heft vor ihr. Neben dem Heft: ein Foto. In ihrem Kopf: eine Mission. Sie wird es ganz sicher schaffen, sie zu erfüllen. Sie hat doch auch eine Eins in Kunst. Sie will perfekt sein. Perfekt wie Mama. Perfekter als Mama!
Sie mag Kunst. Der Gedanke daran, dass sie gleich selber Kunst sein wird, macht sie glücklich. Ihre Lehrerin hat ihr erzählt, dass die Menschen in Zeitschriften nicht so sind wie in echt. Sie wollte nicht sein wie in echt. Echte Sachen gehen kaputt.
Echte Handarbeit stand auf der Vase, die ihr vorgestern auf den Boden gefallen ist. Mama hatte die Vase von Papa bekommen. Es sind schon lange keine Blumen mehr in der Vase gewesen. Trotzdem war sie traurig. Mama wird bestimmt keine Vase mehr von Papa bekommen.
Mama und Papa haben immer gesagt, dass ihre Liebe echt ist. Sie weiß, dass sie sich nur noch streiten. Sie hört es auch noch durch zwei verschlossene Türen. Sie hört es noch durch die Wände um sie herum. Die Wände, die sie selbst dort hingetan hat. Mauern des Schweigens. Auf dem Boden vor ihnen, da direkt zu ihren Füßen, die Wörter die in ihrem Mund geblieben sind. Sicher versteckt unter ihrer Zunge.
Mama und Papa haben sind nicht mehr verliebt, so wie damals. Mama und Papa waren zu echt.
Sie schaut in den Spiegel. Sie hat Mama oft zugeschaut, wenn sie sich geschminkt hat. Sie weiß, was sie machen muss. Sie sieht immer mehr aus wie Mama. Sie sieht immer weniger aus wie das Mädchen aus der Zeitschrift. Sie ist viel größer als Mama.
Sie benutzt weniger Farben als Mama. Sie benutzt nur Schwarz

und Weiß und Rot. Genauso wie Schneewittchen. Das Mädchen in der Zeitschrift sieht auch aus wie Schneewittchen.

Sie schaut in den Spiegel. Sie sieht nun mehr wie Schneewittchen aus. Sie lächelt. Sie ist jetzt fertig. Es fehlt nur noch eine Kleinigkeit. Sie holt eine kleine Plastikschachtel aus ihrem Zimmer. Glitzer. Sie verschließt die Augen. So fest, dass sie Sterne und Vögel sieht. Sie pustet und als sie die Augen öffnet, sieht sie wie alles um sie herum glitzert. Sie ist noch da.

Sie schaut in den Spiegel. Zu große Augen schauen zurück. Zu große Tränen kullern ihr über die roten Wangen. Die Farben in ihrem Gesicht sind verschmiert. Grotesk. Ihre Augen sind das Einzige, dass sie wiedererkennt. Panisch schauen sie sie an. Als würden sie nach einem guten Rat fragen. Sie wollte doch nur so schön sein wie Mama. Schöner als Mama.

10. Tiefenrausch

7:58

Alles ging so schnell vorbei. Er war nicht nervös. Er wusste, was jetzt passieren würde. Es passierte schließlich jeden Tag. Gleich klingelt es. Ein bisschen zu laut. Seine Mitschüler reden noch. Es hat ja noch nicht geklingelt. Sie sind noch zu laut. Alles ist so schrecklich laut an diesem Montagmorgen. Alles ist wie immer an diesem Montagmorgen. Gleich kommt die Lehrerin. Pünktlich mit der Schulklingel. Wie jeden Montagmorgen. Alle um ihn herum werden verstummen. Er ist schon leise. Nervös zwirbelt er an einer Haarsträhne, die ihm ins Gesicht hängt. Seine Haare sind wieder ein bisschen zu lang.

8:00

Es klingelt. Viel zu laut. Es klingelt. Drei Mal. Die Tür öffnet sich beim zweiten Klingeln. Sie kommt rein. Die Tür schließt sich. Zu laut.

Die Schüler verstummen. Sie erheben sich, alle auf einmal. Die Stühle knarzen und quietschen und kreischen. Die Stimme in seinem Kopf auch. Er ist ein bisschen spät dran. Er setzt sich ein bisschen zu schnell. Alles ist wie immer.

8:38

Die Zahlen tanzen auf der Tafel. Das Kratzen der Füller seiner Mitschüler ist ihre Musik. Hastig schreiben sie die Wörter der Lehrerin mit, bevor ihr Klang den Raum für immer verlässt. Die Zahlen lösen sich währenddessen geschmeidig von der Kreide. Gehen ohne Anstalten auf die grüne Tafel. Ihre letzte Ruhestätte für die nächsten einundfünfzig Minuten.

Er ist der Einzige, der ihr Schauspiel sieht. Das weiß er. Es wurde ihm oft genug gesagt. Er sagt es den Anderen nicht. Nicht mehr. Er hat gelernt, es für sich zu behalten.

8:42

Sein Mund ist trocken. Er ist zu spät dran. Der Lärm um ihn herum hat ihn zu sehr abgelenkt. Die Tablette ist trocken. Das Wasser hilft nur ein bisschen.

8:43

Er weiß es. Er weiß es. Er weiß es. Er weiß es. Er weiß es. Er weiß es. Er weiß es. Er weiß es. Die Anderen nicht. Er darf es nicht sagen. Die Anderen schreien es. Sie kreischen es. Sie brüllen es. Sie wissen es nicht.

8:44

Er weiß, wie die Zahlen tanzen werden. Er kann ihre nächsten Schritte sehen. Noch weit bevor sie sie getanzt sind. Gleich ist das Schauspiel vorbei.

8:52

Mutter hat ihm den Mund verboten. Der Arzt hat ihn für sie zugenäht. Bei jeder falschen Antwort der Anderen schmerzen die Stichstellen.

9:04

Die Tablette wirkt gleich. Er spürt es schon leicht. Sein Körper entspannt sich. Er hat nicht bemerkt, dass er mit dem Bein am Auf- und Abwippen war. Er hat nicht bemerkt, dass seine Finger auf den Tisch geklopft haben. Er merkt, dass es aufhört.

9:30
Es klingelt.

9:45
Es klingelt.

9:52
Er wird aufgerufen. Er weiß es nicht. Er weiß es nicht. Alle anderen wissen es. Sie lachen. Er hört sie nicht, sie sind zu leise.

10:15
Es klingelt.

11:00
Es klingelt. Die Anderen kommen zurück. Sie haben gegessen. Er hat es vergessen. Er sitzt immer noch an seinem Platz. Starr. Gefangen in seinem eigenen Körper. Sein persönliches Verlies. Er ist jetzt alleine da drin.

14:00
Es klingelt. Drei Mal. Er muss zum Arzt. Er darf nicht wieder zu spät kommen.

14:17
Mama sagt immer er soll leise sein. Nachts kann er nicht schlafen. Er spürt, wie der Arzt seinen Mund zunä-... Er reißt die Augen auf. Er darf nicht schon wieder im Bus einschlafen.

14:48
Er ist zu spät. Die Fäden werden ein bisschen zu fest gezogen.

15:23

Er geht mit dem Rezept in der Hand zur Apotheke. Seine Hände sind ein wenig feucht vom Schweiß. Trotzdem kann man die schwarzen, fett gedruckten Buchstaben lesen. *Ritalin.* Sie haben angefangen die Rezepte zu drucken. Arztschriften kann halt echt keiner lesen.

11. Lieblingsschüler

Ich gehe gerne zur Schule. Ich lerne gerne. Ich sehe gerne meine Freunde.

Heute ist es kalt. Es schneit. Die Hausdächer sind mit Schnee bedeckt.

Ihr Atem ist zu heiß auf meinem Hals. Sie drückt mich enger an sich. Alle anderen sind schon nach Hause gegangen. Ich muss oft länger bleiben. Sonst bleibe ich sitzen und ich will nicht noch länger bleiben müssen.

Die Fenster sind geschlossen. Die Tür auch. Sie hat gerade eben den Schlüssel im Schloss gedreht.

Ich weiß, was jetzt passiert. Es ist nicht das erste Mal. Ich glaube, andere Leute wären gerne ich. Ich wäre gerne andere Leute.

Ich habe im Internet geschaut, was das hier bedeutet. Aber ich habe nichts gefunden. Nicht ganz.

Ich bin oft im Büro der Schulleiterin. Ich weiß, wie das Alles angefangen hat. Mit Ärger.

Es ist eigentlich schön hier. Das Bild an der Wand habe ich gemacht.

Als ich nach Hause gehen darf, fahren keine Busse mehr.

„Warum bist du zu spät?"

„Ich musste nachsitzen."

Schulterzucken.

Ich darf nichts sagen. Das wäre schwach. Ich bin außerdem ein Junge. Sie würden mir sowieso nicht glauben. Jungs werden nicht vergewaltigt.

12. Perfektion

Ich öffne die Kiste. Vorsichtig, damit nichts herausfällt. Dann kippe ich sie um und binnen Sekunden liegen sie alle vor mir auf dem Boden zerstreut. Manche mit der richtigen Seite nach oben, andere nicht. Aber das ist gut so, geplant. Genauso, wie alles andere auch. Ich knie mich vor den Bildern auf den Boden, um sie mir genauer anschauen zu können. Es ist immer wieder dieselbe Person auf ihnen zu sehen, allerdings aus verschiedenen Perspektiven, die immer neue Details zum Vorschein bringen. Alles an ihr ist vollkommen. Selbst die Anordnung ihrer Sommersprossen. Alles ist am richtigen Platz und nichts zu viel – die Fotos kommen ihrer wahren Perfektion nicht einmal nahe! Zwangsläufig denke ich an Wörter, mit denen man jene Person beschreiben könnte. Perfekt. Vollkommen. Zu gut für diese Welt. Hieran bleibe ich hängen.
Zu gut für diese Welt.
Ich habe nicht mehr lange Zeit, sonst ist es zu spät. Ein letzter Blick noch in den Spiegel, dann mache ich mich auf den Weg. Ich laufe durch den Wald und schaue mich um, doch nichts kommt auch nur annähernd an jene Perfektion heran, die ich in ihr erkenne. Es wird schwer sein, sie umzubringen. Ich muss es trotzdem tun.
Stimmen tuscheln im Wald. Ein spitzer Schrei. Das war's.
Im Dorf spielt das Radio immer wieder dieselbe Nachricht ab:
„Am 12.12.2012 wurde eine bislang unbekannte Person nackt erhängt im Wald vorgefunden. Bis auf eine Uhr, deren Zeit bei 12:12 stehengeblieben ist, befanden sich keinerlei Gegenstände im näheren Umkreis dieser Person. Das Alter wird auf 12 Jahre geschätzt."
Der erste Mord seit Jahren.

13. Wer ist schon Gott?

Viele Mädchen haben ihre Jungfräulichkeit schon verloren. Sie ist, streng genommen, schon spät dran. Doch heute wird sich das ändern. Sie freut sich schon seit Wochen darauf, hat alles perfekt geplant. Sie hat dafür gesorgt, dass alles seinen Lauf nimmt. So wie sie es will. Niemand sonst. Nicht wie sonst immer: Diesmal hat sie das Sagen! Sie sieht ihr zufriedenes Lächeln mit Genugtuung im Spiegel. Sie sieht viel älter aus, als sie ist. Das wird ihr oft gesagt. Sie sei auch viel reifer als alle anderen. Vielleicht ist das auch der Grund, warum sie nicht ihre Jungfräulichkeit verschwenden, sondern verschenken wollte.

Ihr wird oft nachgesagt, wie altmodisch und überholt ihre Mentalitäten seien, doch das ist ihr egal. Sie braucht keine Freunde. Zumindest nicht in der Schule.
Sie hat ja ihn.
Sie liebt ja ihn.
Und er sie.
Auch wenn sie ein bisschen jünger ist als er. Deswegen wollen sie ja auch erst einmal schauen. Sie weiß noch ganz genau, wie nervös sie bei ihrem ersten Date war. Und wie gelassen er war. Er hatte er es sogar geschafft, sie zu beeindrucken. Er wusste einfach so viele Dinge, von denen sie noch nichts gehört hatte. Sogar die Bedeutung ihres eigenen Namens wusste sie nicht. Er schon. Ein Erzengel hieß so wie sie. Ein Beschützer. Er hatte sie völlig aus dem Konzept gebracht. Das weiß sie noch ganz genau. Sie nippte gerade an ihrem Kaffee. „Wer ist wie Gott?", fragte er. Ohne Zusammenhang. Sie musste unwillkürlich an ihre eigene Situation denken, der sie so zwanghaft zu entfliehen versuchte. Wer ist das schon? Gott – wenn es ihn überhaupt gibt. Sie weiß es nicht, bezweifelt es. Sie hinterfragt kurz die Richtig-

keit ihres Handelns. Sollte sie wirklich mit ihm hier sitzen? Alle anderen lernen gerade Mathe. Doch sie hat es ja noch nicht einmal nötig. Schule ist ihr schon immer leichtgefallen. Andere Sachen nicht. Aufgaben, die andere ohne Probleme zu meistern schienen, bereiteten ihr immer die größten Sorgen.

Er schien zu merken, dass sie sich immer unwohler in ihrer eigenen Haut fühlte, erklärte ihr darum schnell den hebräischen Ursprung ihres Namens und wechselte das Thema. Also nicht ganz: Er erzählte ihr von einer Generation, für die Gott tot war. Von ihrer Generation. Sie fand eine Art von unbekannten Trost in seinen Worten.

Nachdem er sie nach Hause gebracht hatte, schaute sie im Internet „Gott ist tot" nach. Sie wurde schnell fündig und wusste zweifelsohne, dass sie die richtige Entscheidung getroffen hatte. Nietzsche schien ihr aus der Seele zu sprechen und schnell fand sie auch aktuelle Werke, die sich mit derselben Thematik auseinandersetzten. Sie verlor sich im Internet, was nicht schwer war, wenn alles um einen herum in Stille getaucht ist. Die Sonne war wieder aufgegangen und in Mathe hatte sie wieder die beste Arbeit geschrieben.

Ein zufälliger Blick auf die Uhr verrät ihr, dass sie schon viel zu spät dran ist. Er wartet nicht gerne. „Ich möchte kein kleines Mädchen haben", sagt er dann immer. „Sonst kann ich mir auch jemand anderen suchen."

Ein kleines Mädchen ist sie ja auch nicht mehr. Er betont auf exzessive Art immer wieder, dass er jede haben könnte und sich trotzdem für sie entscheidet.

Die Wimpern sind schwer und drücken ihre Augenlieder runter. Doch heute muss sie schön sein. Besonders schön. Alles hängt daran. „Du bist so schön", sagt er dann immer und schaut sie mit leerem Blick an. Seine Stimme so dunkel. Manchmal hat sie Angst, das weiß sie. Doch dieser leere Blick ist alles, was sie will.

Viertel vor. Scheiße. Schnell noch die Schuhe anziehen. Sie machen sie viel zu groß und am Anfang ähnelte ihr Gang dem eines neugeborenen Fohlens, das noch nicht richtig laufen kann. Doch er hat sie ihr gekauft und er mag es, ihr die Schuhe auszuziehen. Noch lieber mag er es, wenn sie sich auszieht und die Schuhe anlässt.

Mama ist mit Papa übers Wochenende verreist. Seine Frau lässt er nie allein. Aber seine Tochter schon. Immer. Vielleicht liegt es daran, dass er sich Mama ausgesucht hat und mich nicht.

Es klingelt. Er ist da. Ein schneller Blick in den Spiegel gibt ihr die Bestätigung, die sie braucht. Er ist kleiner als sie. Älter auch. Viel älter. Das Doppelte. Nein, Moment. Das Dreifache sogar. Doch sein jugendliches Lächeln verzeiht ihm sein Alter. Das Einzige, was ihn dann doch verrät, sind die größer werdenden Geheimratsecken. Vielleicht auch die Falten um seine Augen und Mundwinkel herum.

Er küsst sie und sie spürt seine Hand an ihrem Arsch. Sein Mund liegt kalt und nass auf ihrem. Doch sie ekelt sich nicht mehr. Es war leicht, sich daran zu gewöhnen. Das Kleid hat er ihr gekauft. Chanel. Die anderen wären bestimmt eifersüchtig auf sie. Nein, sie sind es. Das weiß sie. Sie sieht die Blicke, die jeden Tag aufs Neue auf ihr ruhen, hört das Getuschel, das aus jeder Ecke kommt. Das Kleid ist kurz genug, dass er seine Hand problemlos drunter schieben kann. Auch die Unterwäsche stammt von ihm. Eine französische Marke, die weder er noch sie aussprechen können. Simone irgendwas. Ist ja auch egal. Seine Hand packt zu und zieht sie an sich ran. Ganz nah; sie kann den bitteren Geruch seiner Zigarren in seinem Atem riechen. Und schmecken.

Heute ist es so weit. Sie ist sich ganz sicher. Warme Vorfreude kribbelt in ihrem Magen und Gänsehaut breitet sich auf ihrem

Körper aus. Sein Atem ist nur noch ein unregelmäßiges Keuchen. Er wirft die Blumen und die Tüte, die er ihr mitgebracht hat Richtung Wohnzimmer, doch sie sieht es nicht wirklich. Sie hat nur noch Eines im Kopf. Seine Lippen sind jetzt an ihrem Hals und seine zweite Hand in ihren Haaren. Sie weiß nicht so recht, was sie mit ihren Händen anfangen soll, doch in Mamas Zeitschriften hat sie gelesen, dass man sich einfach treiben lassen soll. Und sie hat sich Filme angeschaut. Seine Hand macht sich jetzt erst an ihrem Reißverschluss und dann an ihrem BH zu schaffen. Schneller als die Sachen angezogen waren, sind sie wieder ausgezogen. Normalerweise lässt er sich immer mehr Zeit und schaut sie, fasst sie an. Heute nicht, doch das wusste sie schon im Vorhinein, hatte es so geplant.

Sie weiß nicht so recht, was sie mit ihren Gedanken machen soll und ohne es zu merken denkt sie, warum auch immer, an ihr erstes Treffen zurück. Ob sie wohl das Richtige tut? Egal. Das war doch, was sie wollte. Oder?

14. Kopf zum Platzen leer

Hey,

Heute ist so viel passiert! Ich weiß gar nicht wo ich anfangen soll mit dem Erzählen. Lys hat mich gefragt ob ich mit ihm ins Kino möchte. Ich hab natürlich Ja gesagt. Obwohl Lea gesagt hat, dass ich ihn warten lassen soll. Was, wenn er nicht wartet? Dann bin ich immer noch ganz allein. Aber Lea versteht das sowieso nicht. Niemand versteht das. Ich habe es satt, dass ich nie jemandem etwas erzählen kann. Bei dir ist es anders. Ich rede mit mir selbst. Ich weiß das. Ich bin nicht dumm.

Die andere Michelle hat sich auch wieder mit allen gestritten. Diese dumme Kuh. Einfach nur, weil Rhea gefragt hat, wieso sie schon wieder nichts isst. Sie hat ja auch irgendwie recht. Es ist wirklich komisch. Naja und dann war sie auch noch 15 (!!!!) Minuten auf Klo. Und als sie endlich fertig war, war die Pause natürlich um. Sie riecht auch immer so schrecklich. Zum Glück muss ich nicht neben ihr sitzen!

Alle anderen haben schon ihren ersten Kuss gehabt. Ich frage mich, wie es ist, die Lippen von einem Jungen auf meinen zu spüren. Ich frage mich, wie es sich anfühlt, von jemandem so sehr begehrt zu werden. Wenn nah nicht reicht. ~~Ich frage mich wie es wohl sein wird Lysander zu küssen. Ich möchte endlich lieben lernen. Ich möchte nur noch lieben. Ich will glücklich sein.~~

Ich möchte einfach nur meine Augen schließen und die Welt vergessen.

~~Ich möchte einfach nur dass es ruhig wird in meinem Kopf.~~

Leni weiß gar nicht wie es ist, wenn dich die Jungs nicht mal anschauen. Es ist, als wäre ich ein Geist. Der Schulgeist. Haha. Vielleicht spukt es aber auch nur in meinem Kopf.

~~Manchmal hasse ich Leni. Es ist so leicht für sie. Zu leicht.~~

~~Warum ist alles so schwer?~~

Ich habe es satt immer die Letzte zu sein. Ich habe es so schrecklich satt. Du kannst es dir gar nicht vorstellen. Obwohl doch; ich weiß leider zu genau wie es ist.

~~Es ist so leer in mir. Ich weiß nicht was ich tun soll.~~

Frau Schmidt ist so dumm. Ich frage mich echt, was sie davon hat, mich so zu schikanieren. Ich weiß nicht, wer hier wen mehr hasst: ich sie oder sie mich. ~~Jeder liebt Leni.~~

Ich hab Mathe eigentlich gemocht, bevor sie kam. ~~Ich mochte es, wie die Zahlen miteinander gespielt haben. Die Lösung hat immer versteckten gespielt.~~

~~Manchmal hab ich das Gefühl, dass mir mein Kopf irgendwann platzen wird. Ich hab Angst, dass er irgendwann einfach überläuft wie ein Vulkan. Vielleicht nicht ganz wie ein Vulkan. Vulkane explodieren. Ich würde einfach nur implodieren. Verschwinden, ohne vermisst zu werden. Wahrscheinlich würden mich sogar meine eigenen Eltern irgendwann vergessen ...~~

Ich freu mich schon wie wahnsinnig auf das Kino. Ich frag mich, was ich anziehen soll. ~~Ich zieh eigentlich immer das an, was Leni sagt.~~ Ich glaube ich ziehe meinen Rock an. Auch wenn Mama sagt, dass er zu kurz ist. Dann zieh ich ihn halt erst draußen an. ~~So macht Leni ja a~~

Michelle war heute auch so hässlich angezogen. Eigentlich ist sie ja ganz schön. Aber irgendwie macht sie sich selber hässlich. ~~Zum Glück hab ich L~~

Herr Braun hat heute geweint. Ich wusste gar nicht, dass Männer weinen können. Er hat richtig geheult. Niemand weiß, was passiert ist, aber Michelle hat auch geweint. Aber das habe ich ja schon erzählt.

~~Ich wünschte ich hätte eine richtige Freundin. Ich wünschte, ich hätte eine Zwillingsschwester. Jemanden genauso wie mich.~~

Ich habe heute Morgen ein Brötchen gegessen. Mit Nutella ... Ich weiß, ich wollte eigentlich abnehmen, aber dafür habe ich ganz viel von dem ekeligen Gemüse beim Mittagessen gegessen. Ich frage mich echt, was sie da reinmachen, dass das Essen so nach Gummi schmeckt. Vielleicht kochen sie ja aus Versehen dieses Plastikgemüse aus dem Kindergarten mit. Das würde erklären, warum die Spielsachen aus dem Kindergarten immer wieder verschwinden ...

Lysander ist total groß. Ich frage mich warum er ausgerechnet mich gefragt hat. ~~Lea war total desinteressiert an dem, was ich zu erzählen hatte. Eigentlich interessiert sie nur, was in ihrem Leben passiert. Ich glaube, sie hat gehofft, dass Lysander sie ins Kino einlädt.~~ Lysander ist aber auch älter als ich. Ich glaube zwei Jahre. Vielleicht sogar mehr. Ich kenne ihn nicht so gut. Er hat immer seine schwarze Lederjacke an. ~~Sie sieht total weich aus. Sie hat sich schon an seinen Körper~~ Lea sagt immer, dass er Drogen verkauft. Vielleicht nehme ich ja Gras. ~~Dann ist es viel-~~

~~leicht endlich nicht mehr so voll in meinem Kopf.~~ Seine Augen durchbohren einen immer. Egal, wie weit weg er ist. Wenn er jemanden sucht, dann findet er ihn auch. Sie sind kalt und abgehärtet. ~~Ich habe ein bisschen Angst vor ihm. Ich frage mich was er alles schon gesehen hat.~~

Ich glaube, ich mache mir heute Abend Locken. ~~Ich möchte, dass mich die Lehrer so mögen wie sie Lea mögen.~~

Mama möchte nicht, dass ich mich schminke. Aber das ist mir egal. Sie steht morgens sowieso nicht auf. Und wenn doch, dann schminke ich mich einfach im Bus. Oder auf dem Klo in der Schule.

Ich glaube, er hat geweint, weil er so hässlich ist. ~~Hässliche Leute sind immer unglücklich.~~

Ich hoffe er wird mich küssen. ~~Wenn nicht, wär das total peinlich. Ich hoffe, er wird mich nur küssen. Wenn nicht, weiß ich nicht, was ich machen soll.~~

Heute haben wir Mathe zurückbekommen. Ich habe mir meine Note immer noch nicht angeschaut. Eigentlich ist es mir mittlerweile egal was passiert.

Michelle

15. Die dicksten Freunde

Michelle kommt heute zurück. Sie war den ganzen Sommer weg. Davor hatten wir wirklich jeden Tag und jede freie Sekunde miteinander verbracht. Doch sie wurde von ihren Eltern gezwungen. Auch wenn sie nichts lieber getan hätte, als mit mir hier zu bleiben. Wir taten eigentlich nicht wirklich viel. Normale Sachen halt. Sachen die so ziemlich alle in unserem Alter machen.

Wir suchten uns die besten Models aus Magazinen raus, machten Collagen die wir dann an unsere Wände oder auf unsere Ordner oder auch in unsere Schränke klebten. Wir machten auch viel Musik zusammen. Michelle konnte gut singen. Ich konnte Gitarre spielen. Das erste Mal, dass ich ihr etwas vorgespielt habe, ist schon so lange her, doch ich kann mich noch so gut daran erinnern. Ich weiß noch wie sie mich angestupst und gesagt hat: „Cool, da stehen die Mädchen bestimmt drauf!". Ich wüsste es nicht. Sie war die erste, der ich etwas vorgespielt habe. Nein eigentlich war sie die Erste, der ich nichts vorgespielt habe. Sie lachte, als ich fertig gespielt und sie fertig gesungen hatte. Sie hatte aber auch immer ein wenig mehr das Bedürfnis, im Mittelpunkt von allem zu stehen. Sie sang auch noch, als ich schon längst die Gitarre auf dem Boden abgestellt hatte. Sie wollte vielleicht Sängerin werden. Aber doch eigentlich lieber Model. Deswegen suchten wir auch immer zusammen gute Fotos aus den Magazinen raus. Sie sagte mir auch immer, was gut aussieht, wenn wir einkaufen gingen. Wir lernten auch manchmal zusammen, wenn wir nichts Besseres zu tun oder wieder Ärger von den Lehrern bekommen hatten. Wir kochten auch zusammen. Wir hatten einen sehr ähnlichen Geschmack und aßen eigentlich immer zusammen. Vor allem, weil das Essen draußen viel ungesünder war als das selbst gemachte.

Diesen Sommer musste ich alleine kochen. Vielleicht habe ich es deswegen nie getan. Doch heute kommt Michelle ja wieder zurück. Gott sei Dank. Sie hat versprochen, dass wir zusammen kochen werden. Ich bin auch ziemlich hungrig. Ich sollte mich beeilen. Ich liege immer noch in meinen viel zu großen Boxershorts im Bett. Ich stehe auf, doch es war wohl zu schnell und mein Kopf dreht sich, also setze ich mich wieder hin und überlege vom Bett aus, was ich anziehen soll. Meine Haare sind jetzt länger als vor dem Sommer. Sie sind zwar langsam gewachsen, doch sie sind gewachsen, und jetzt kann ich sie mit einem ihrer alten Haargummis – sie hat wirklich mehr als genug zurückgelassen – zurückbinden. Ich ziehe mir ein altes Holzfällerhemd von meinem Vater an. Michelle hat damals gesagt, dass es mir steht. Sie hatte noch die 2 obersten Knöpfe aufgeknöpft. „So siehst du nicht so spießig aus", hatte sie mit einem Zwinkern gesagt. Meine Haare sind also schon fertig, die Klamotten angezogen. Ich gehe ins Bad. Vielleicht hätte ich noch duschen sollen. Ich habe es zwar gestern Abend schon getan, doch ich möchte, dass sie mich von meiner besten Seite sieht. Also ziehe ich mich wieder aus und steige unter die Dusche. Dort putze ich mir auch gleich die Zähne und pinkle. Nicht nur um Wasser, sondern auch Zeit zu sparen. Das kalte Wasser weckt mich erst so richtig auf. Mit warmen Wasser kann ich nicht mehr duschen. Ich bin zu müde. Ich bin in letzter Zeit oft müde.

Zu duschen war eine gute Entscheidung. Ich trockne mich schnell ab und ziehe mir die Sachen, die ich kurz zuvor erst auf den Boden geworfen habe, wieder an. Im Flur merke ich, dass ich vergessen habe, mir meine Hose anzuziehen. Ich vergesse in letzter Zeit oft Sachen. Zu Duschen war eine gute Entscheidung. Ich kämme und föhne mir die Haare. Wieder ein Büschel weniger. Vielleicht rasiere ich sie mir ganz ab. Aber lieber nicht. Die Zahl auf der Waage hat sich nicht geändert. Wenigstens ist sie nicht gestiegen. Andere haben diese Probleme gar nicht erst, glaub ich. Aber das ist okay. Ich ja bald auch nicht mehr.

Ich kann das ganze Essen nicht mehr sehen. Am Anfang ist es mir schwergefallen. Ich mochte das Essen ja. Ich hatte nichts Anderes, was mir den Trost schenkte, den ich brauchte. Doch jetzt geht es. Ich schaue in den Spiegel. Ich sehe, dass ich anders aussehe als die Anderen. Die Anderen sind auch alle viel größer als ich. „So, wie du aussiehst, wird nie jemand mit dir irgendwas machen wollen", sagen sie dann immer. Niemand findet fette Menschen geil. Nur ekelhaft. Doch es wird besser. Ich sehe es. Es fällt mir auch leichter, nicht zu essen. Ganz am Anfang, da ging das nicht. Ich weiß noch wie lang 2 Stunden ohne Essen waren. Mein Magen hat ständig geknurrt. Heute sind selbst 2 Tage kein Problem. Irgendwann hat dieses Mädchen neben mir gesagt, ich soll Watte essen. Michelle. Sie will später Model werden. Deswegen darf sie nichts essen. Das mit der Watte hat geklappt. Es war leichter so. Ich war leichter so.

Aber was, wenn ich mit meinen Eltern unterwegs war? Am Anfang war das noch leicht. Ich habe ja noch gegessen. Aber später nicht mehr. Michelle hat mir gezeigt, wie man sich übergibt. Mittlerweile ist mir das Brennen in meiner Kehle so vertraut wie das Knarzen unserer Treppe. Ich glaube, bald bin ich nicht mehr fett. Nur noch ein bisschen fehlt, doch ich bin müde. Am Anfang war das nicht so. Da konnte ich noch alles machen. Sogar Sport. Davon wurde ich aber auch fett. Ich weiß nicht warum. Jetzt kann ich kaum wach bleiben. Egal. Hauptsache, es ist bald vorbei. Es ist nur noch ein bisschen. Man kann schon meine Rippen zählen, ohne dass ich die Luft einziehen muss. Früher, da konnte ich meine Zehen nicht sehen.

Anderen ist das aufgefallen. „Gut siehst du aus", heißt es dann. Vielleicht haben sie recht, aber ich sehe noch nicht so aus, wie ich möchte. Es fehlt noch ein bisschen was. Bei Michelle war das anders. Sie wurde in Therapie geschickt, musste alles, was sie geschafft hatte, zurückgeben. „Du bist krank, Michelle!", haben sie zu ihr gesagt. Sie hatte sich gewehrt. Wollte nicht gehen. Doch sie musste. Sie hat wieder zugenommen – jetzt wird sie niemals Model. Wenigstens habe ich solche Probleme nicht. Jungs haben eh andere Probleme als Mädchen. Jungs sind nicht magersüchtig. So haben sie Michelle genannt. Sie war ja auch süchtig danach; sie konnte ja nicht aufhören. Ich schon. Es fehlt nur noch ein bisschen was. Dann kann ich ja auch aufhören. Nur muss ich mein Ziel halt erreichen.

Heute kommt Michelle zurück. Sie hat gesagt, sie will mit mir reden. Nur mit mir. Wir wurden ziemlich gute Freunde mit der Zeit. Michelle und ich. Wie lange ist es her, dass sie weg ist? 3 Monate. Den ganzen Sommer hat's gebraucht, bis sie wieder „gesund" war. Sie muss jetzt von vorne anfangen. Doch das ist okay. Ich werde ihr helfen, so wie sie mir geholfen hat. Es klingelt an der Tür und ich renne runter, doch ich muss mich am Treppengeländer abstützen, weil ich sonst hinfalle. Michelle umarmt mich so fest, dass es weh tut, auch wenn sie so ekelhaft weich geworden ist. Ihre Haare riechen nach Essen. Widerlich. Wir gehen in mein Zimmer und sie erzählt mir aufgeregt davon, wie sie Freunde gefunden hat, während ich auf sie gewartet habe. Sie erzählt mir davon, wie sehr sie es hier vermisst hat und, wie froh sie ist endlich wieder zurück zu sein. „Fast hätte ich vergessen, wie schön es ist mit dir zu reden", witzelt sie. „Dein Traum von einer Modelkarriere ist, was du vergessen kannst", entgegne ich vielleicht ein wenig zu schnippisch. Sie schaut mich verletzt an. Früher war sie nicht so weich und zerbrechlich. Ich frage mich, wo die leichte und selbstbewusste Michelle zurückgeblieben ist, die jetzt geantwortet hätte, dass ich nicht einmal davon träumen könnte, Model zu sein. Stattdessen sitze ich ihr gegenüber, während sich ihre Augen mit Tränen füllen. „Es tut mir leid, dass ich dich hier mit reingezogen habe, du brauchst wirklich Hilfe. Ich habe auch wirklich Hilfe gebraucht. Es ist echt nicht so schlimm, wie du denkst."

Sie hat recht. Es ist schlimmer, als ich befürchtet habe. Man kann ihr nicht mehr helfen. Sie geht und ich gehe schlafen. Ich bin so schrecklich müde.

16. Opfer und Täter

Der Wecker klingelt. Ich war nie ein Frühaufsteher. Trotzdem rolle ich aus dem Bett. Ich gehe mir die Zähne putzen. Mein Blick fällt auf den Spiegel.

Ich sah nie „meinem Alter entsprechend" aus. Doch das ist gut so. Es hat mich nie gestört, im Gegenteil. Ich mag es. Ich liebe es sogar. Ich lebe es. Jeden Tag.

Ich weiß nicht mehr den genauen Zeitpunkt, an dem ich angefangen habe, über mein Alter zu lügen. An den Grund kann ich mich auch nicht mehr so genau erinnern. Vielleicht will ich mich auch gar nicht daran erinnern.

Es ist ja auch nicht wirklich wichtig. Wichtig ist, dass ich jetzt hier bin. Wichtig ist, dass ich jetzt ich bin.

Mein Blick gleitet zum Fenster. In letzter Zeit bin ich schneller abgelenkt als früher. Meine Augen fallen mir öfter zu. Ich bin zerstreut. Die Stadt ist noch dunkel. Mein Inneres auch.

Ich sollte mich langsam fertig machen, meine Vorlesung fängt bald an. Noch nie in meinem Leben war ich zu spät. Immer zu früh. Jetzt wird sich das nicht ändern.

Ich schminke mich kaum. Etwas Wimperntusche. Ein wenig Concealer, um meine schlaflose Nacht zu überdecken. Das war's. Ich ziehe mir einen Pulli über. Beige. Genauso wie meine Schuhe. Ich nehme mir noch einen Apfel mit. Die Straßenbahn ist noch nicht da. Der Zigarettenqualm anderer wartender Menschen füllt meine Lunge. Ein morgendliches Ritual, dass niemals darin versagt hat, mich zu wecken.

Man warnte mich immer. Noch wäre es schön und gut älter auszusehen. Doch später? Ja, was ist später? Willst du dann wirklich älter aussehen als du bist? Sie verstehen mich nicht. Sie verstehen nicht, dass ich lieber im Jetzt lebe, als im Morgen.

Ich setzte mich an meinen Platz. Ans Fenster. Der Junge kommt wie jeden Morgen und setzt sich neben mich. Es gibt noch genug andere freie Plätze. Ich lese. Er hört Musik. Rock. Er ist noch jung. Bestimmt kaum älter als ich, aber viel größer. Ich lese.

Ich habe es früher immer gemocht, aus dem Fenster zu schauen. Ich habe es geliebt, wie wir an Landschaften vorbeigesaust sind. Ich habe es geliebt, dass wir schneller waren als die Natur.

Ich frage mich, warum er das macht. Wirklich. Woher kommt er überhaupt? Dumme Frage. Wir sind zusammen eingestiegen. Wohin er wohl geht?

Ich gehe zur Uni. Ich bin die Jüngste. Ich habe mich daran gewöhnt, immer und überall die Jüngste zu sein. Mein Opa hat immer gemeint, ich hätte eine alte Seele. Ich glaube, er hat recht.

Ich fahre nach Hause. Diesmal höre ich Musik. Running from innocence, like it's a lion. Ich werde angetippt. Ich drehe mich ein wenig zu hastig um. Es ist der Junge. „Ist hier noch frei?"

Da drüben auch, würde ich gerne sagen, aber ich nicke. Er erzählt mir etwas. Ich höre nicht zu. Ich nicke. Er lädt mich ein. Ich gehe mit. Freude kribbelt in meinem Magen. Ich lächle auf dem Weg.

Der Weg war kurz, wir sind schnell da. Er ist auch schnell gekommen.

Ich weiß nicht, warum mein Körper so mit Euphorie durchflutet wird. Ich schätze, es ist das Gefühl der Überlegenheit, dass ich so genieße. Ich schätze, ich mag es einfach schlauer zu sein als andere.

„Wie alt bist du nochmal?"

Ich stehe auf, gehe zu meiner Jacke, ziehe sie an. Geraucht wird am Fenster. Ich rauche am Fenster. Gegenüber raucht jemand anderes. Unsere Rauchwolken treffen sich. Die Gebäude sind nicht weit voneinander entfernt. Unsere Blicke treffen sich. Seine Blicke schweifen runter. Finden meinen nackten Busen. Ein verschmitztes Lächeln macht sich auf meinem Gesicht breit. Ich schaue mein nächstes Opfer genüsslich an, während mein altes in seinem Bett auf mich wartet. Er lächelt mich an, einen Arm einladend ausgestreckt. Ich hebe meine Sachen vom Boden auf. Vor der Tür bleibe ich stehen und drehe mich um. Seine Augen suchen meine. Das Tor zur Seele. Sie finden es nicht. „Achtzehn."

17. Die Uhr schlägt dreizehn

Eigentlich ist es schon später. Die Uhr läuft falsch und eigentlich hätte er sie schon längst richtig einstellen müssen, doch ihm fehlte immer die Zeit. Die Uhr tickt. Sie lässt sich davon nicht stören und die Zeit rennt weiter vor ihnen weg.

Eigentlich müsste ich jetzt schon lange im Bett liegen und schlafen. „Mäuschen", sagt er dann immer monoton, „du musst doch nicht auf mich warten. Das weißt du doch." Aber ich warte immer auf ihn. Auf der Uhr war es noch nicht spät.

Er hat nie genug Zeit. Nicht mehr.

Er sitzt nie richtig still. Nicht mehr.

Früher, als sie noch da war, war das anders. Da war er ruhiger. Jetzt nicht mehr. Ich glaube, er vermisst sie mehr als ich. Ich kann mich nicht mehr so wirklich an sie erinnern. Vielleicht war ich zu jung. Vielleicht ist es zu lange her. Heute bin ich älter als damals. Heute ist es mir egal. Damals war es das nicht.

Ich bin nicht wütend auf ihn. Ich kann es nicht sein, will es auch nicht. Seine Augen sind jetzt grau und scheinen nicht mehr zu fokussieren. Sein Gesicht ist alt. Die Mundwinkel immer nach unten gezogen, selbst wenn er lächelt.

Seine Augen sind kalt geworden. Wie Glut, die erloschen ist. Seine Augen scheinen an dir vorbeizuschauen. Auch wenn sie dich anschauen und wenn du zurückschaust, siehst du nichts als die Leere in ihnen. In ihm.

Ich schaue nicht mehr zurück. Es tut zu sehr weh. Er ist zu kaputt. Nein, er ist nicht mehr da.

Früher war das anders. Seine Augen haben vor Freude und Lebensmut gestrotzt. Sie haben gefunkelt. Sie waren so tief und unergründlich. Es läge jetzt Nahe, den Vergleich mit dem Meer zu bringen. Oder doch lieber den mit den Diamanten. Aber keiner passt. Ich habe noch nie so etwas gesehen. Ich habe noch nie so viel gesehen. Ich habe noch nie so viel gefühlt. So viel Geborgenheit. So viel von Allem.

Doch früher war damals. Heute sind sie matt und farblos. Ich glaube, für ihn ist das auch so. Alles matt und farblos.

Ihre Augen waren anders. Sie war immer auf der Lauer. Aufmerksam. Konzentriert. Kontrolliert. Wie ein Jäger, der auf seine Beute wartet. Geduldig, diszipliniert, distanziert. Sie hat ihn nicht geliebt. Man sah es in ihren Augen. Und in seinen Augen, als sie ging. Man sah, dass er es schon vorher wusste, es einfach nur verdrängt hatte, verleugnet. Damals war er zwar blind, doch heute sieht er gar nicht mehr.

Ich bin nicht wütend auf ihn. Er tut mir nur leid.

Ich bin wütend auf sie. Sie hat ihn mit sich genommen, als sie ging. Unwiderruflich.

Eigentlich müsste er schon zurück sein. Zeit heilt. Doch die Uhr läuft falsch und weiter in die verkehrte Richtung und es wird immer schlimmer. Die Uhr tickt. Gnadenlos.

Es ist jetzt spät auf der Uhr. Doch eigentlich ist es viel später. Zu spät. Wo bleibt er?

Ich warte weiter auf ihn. Es ist dunkel draußen und ich sehe mein Spiegelbild im Fenster. Meine Augen groß und aufmerksam, geduldig am Warten. Mein Mund ein dünner Strich.

Ich erschrecke mich, als mir die unabweisbaren Parallelen zwischen ihr und mir auffallen, wende mein Gesicht ab, blicke verschämt zu Boden. Die Uhr tickt weiter.

Es wird hell im Raum. Damals war es immer hell, doch heute ist es selbst jetzt nicht mehr hell. Alles sieht staubig aus, wenn auch sauberer als damals. Er ist nicht gekommen.

Ich gehe in die Schule. Dort ist alles gleich. Ich weiß, dass alles gleichgeblieben sein muss. Doch nichts ist gleich. Alles ist anders. Auch die Schule. Obwohl sie eigentlich so wie immer ist.

Damals wollte ich immer nach Hause. Ich habe die Stunden und

Minuten und Sekunden gezählt, bis ich endlich gehen durfte – nach Hause, zu meinem Zufluchtsort. Heute haben sich die Rollen gewandelt. Mein Zuhause erdrückt mich. Die Wände kommen immer näher auf mich zu, wenn ich dort bin. Ich habe Angst, daran zu ersticken.

Ich gehe nach Hause. Lustlos, weil ich weiß, dass mich das gleiche verlassene Haus erwartet, das mich schon in den letzten sieben Jahre nie im Stich gelassen hat. Leise.

Kein Kindergelächter mehr, das es erfüllt; nicht mehr ich, vor Freude kreischend. Er hatte mich über seine Schulter geworfen, sie kochte in der Küche, teilnahmelos. So wie immer. Doch nicht für immer. Jetzt nicht mehr.

Das Haus ist nicht leer. Ich erschrecke mich nicht, als ich sie sehe. Ich fühle mich überlegen. Sie kauert auf einem Stuhl, in sich gefaltet. Der stolze, edle Blick ist nicht mehr da. Sie sagt nichts, denn die Rollen haben sich geändert.

Es fängt an zu piepen, schrill, hoch, unerträglich. Doch es stört mich nicht. Ich sehe, wie sich der Zeiger der Uhr bewegt. Ich sehe, wie sich ihr Mund bewegt, doch ich höre sie nicht, will es auch gar nicht. Es ist mir egal, was sie sagt. Alles wurde schon so oft nicht gesagt, das reicht.

Es geht schnell. Der Zeiger bewegt sich nicht, als das Messer aufblitzt, in ihrem Rücken verschwindet.

Mein Sichtfeld verschwimmt, als sich eine stumme Träne mit dem kreischendem Rot auf dem Boden vermischt. Mein Gesicht zu einem ebenso stummen, unfassbar lauten Schrei verzerrt.

„Du hast ihn umgebracht", flüstere ich leise. Doch sie hört es nicht mehr. Das Ticken stoppt.

Ich schlage meine Augen auf. „Mäuschen. Du musst doch nicht auf mich warten", sagt eine Stimme hinter mir. Monoton.

18. Das Wartezimmer

Sie hatte sich das anders vorgestellt. „Endlich erwachsen", haben sie immer gesagt. Mit Stolz in der Stimme. Etwas in ihr hat diese Zahl immer schon mit niemals endender Freiheit und Grenzenlosigkeit verbunden. Sie hat schon früh angefangen, die Tage herunterzuzählen, bis es endlich so weit war.

So früh, dass sie gar nicht mehr so genau weiß, wann überhaupt.

Sie hat darauf gewartet, endlich leben zu können. Leben zu dürfen. Bis dahin hatte sie nie das Gefühl, wirklich zu leben. Es war nicht schwer, zu warten. Es war auch nicht schwer gewesen achtzehn zu werden. Es hat nur eine Sekunde gedauert. Vielleicht die schönste ihres Lebens. Alle hatten sich um sie herum versammelt und gebannt auf die Anzeige auf dem Bildschirm ihres MacBooks gestarrt. Erst wurden die Stunden weniger, später die Minuten und zuletzt die Sekunden. Die Leute um sie herum wurden immer mehr. Sie wurden auch immer lauter.

Ihr wurde erst im Nachhinein bewusst, wie sehr sie sich in der Menge verkrampft hatte. Erst, als sie sich schon aus ihrem eigenen Zuhause geschlichen hatte. Im Wald konnte sie dann endlich ausatmen. Sie hätte nicht sagen können, wie sie sich fühlte. Die Last, die sie schon so lange schon auf ihren Schultern getragen hatte, war nicht gegangen. Trotzdem fühlte sie sich leichter als sonst. Vielleicht war es der Alkohol. Es war leicht gewesen, ihn zu trinken. Obwohl sie bis dahin nicht auch nur einen Tropfen an ihre Lippen geführt hatte. Selbst die Rittersport-Schokolade, die Lea immer aß, hatte sie stets abgelehnt. Rum Trauben Nuss.

Schwer war es gewesen, die Schnapsleichen vor der Treppe

wegzuschleifen, um nach oben kommen zu können. Am Tag nach ihrem achtzehnten Geburtstag watete sie durch einen roten See, den die unzähligen Becher, die auf dem Boden verstreut lagen, gebildet hatten.

Es hatte Lea nicht viel Aufwand gekostet, sie davon zu überzeugen, dass für ihren Geburtstag eine richtige Ami-Party gefeiert werden sollte. So eine, wie man sie aus den Filmen kennt. Ihre Eltern waren ja auch nicht da. Sie hatte nie Mist gebaut. Deswegen vertrauten sie ihr. Zumindest beteuerten sie das ständig. Vertrauen ist gut. Sie wusste, dass es nicht stimmte. Kontrolle ist besser. Doch das war nicht wichtig. Es lag in der Vergangenheit. Jetzt schon fast sieben Stunden.

Sie hatte gewartet. Geduldig. Es gab immer jemand anderen, der es eiliger hatte. Doch sie hatte Zeit mitgebracht ins Wartezimmer.

Das Warten machte ihr nichts mehr aus. Sie konnte ja auch nicht mehr umkehren. So lange schon sah sie das Ende des Wartens. So lange schon stand sie kurz davor. Sie sah ihr Leben nach dem Warten so klar vor Augen. Jedes einzelne Detail. Zu lange schon fast.

So unendlich lange schon, dass Zweifel ihren Weg ins Wartezimmer fanden. Sie fanden auch immer wieder von alleine raus. Doch sie kehrten auch immer wieder aufs Neue zurück. Manchmal gingen sie nicht von alleine. Dann musste sie sie bis zur Tür begleiten. Es war schwer, sich von unwillkommen Gästen zu verabschieden, wenn sie so schöne Geschenke mitbrachten. So viele schöne leere Versprechen.

Es gab viele Leute, denen sie im Wartezimmer begegnete. Einige hatten es ganz eilig. Andere wehrten sich mit allen Mitteln dagegen. Sie wartete. Ruhig. Irgendwann würde es schon so weit sein.

Sie hatte sich das immer anders vorgestellt. Sie hatte sich das schon so oft auf so viele verschiedene Weisen vorgestellt. Aber nie so. Sie hatte nie gedacht, dass sie sich so leer fühlen würde. So taub. Die Leute um sie herum waren glücklicher gewesen als sie selbst. Sie wollten sie hochheben, hochleben lassen. Doch sie war zu tief unten. Sie war endlich angekommen. Angekommen am Boden der Tatsachen.

Es hat sich nichts verändert. Sie hat sich nicht verändert. Die Leute um sie herum haben sich nicht verändert. Nur ein weiteres Jahr war vergangen, verschwendet im Wartezimmer. Sie war immer noch darin gefangen. Sie konnte sich nicht befreien.

19. Bittersüß

Ich weiß nicht warum. Ich sehe mich nach einer Uhr, Ich will wenigstens wissen, wie spät es ist. Ich endecke das schwache Leuchten eines LED-Weckers im Spiegel neben dem Bett. Die verschwommenen Zahlen sehen aus wie Augen. Sie durchbohren den sonst dunklen Raum. Rot; Blutgetränkt. Andere wären jetzt vermutlich zusammengezuckt. Ich habe keine Angst mehr vor Monstern. Ich weiß schon lange, dass Monster nicht unter, sondern in Betten schlafen.

03:42. Rot und bedrohlich leuchten die Zahlen. So als würden sie mir sagen wollen: „Beeil dich! Schnell. Sonst ist es zu spät." Ich suche meine Klamotten zusammen, die auf dem Boden verstreut liegen. Leise, um ihn nicht zu wecken. Sein Schnarchen ist das einzige Geräusch im Raum. Sein rechter Arm baumelt direkt über meiner linken Socke. Behutsam schiebe ich meine Hand unter seine, um meine Socke aus ihrem Käfig zu befreien.

Ich drehe mich nicht um. Ich kann mir die Unschuld, die ihm ins Gesicht geschrieben steht, auch so ausmalen. Ich habe oft genug zurückgeschaut. Ich habe oft genug gezögert. Ich weiß, wie zerbrechlich schlafende Menschen aussehen. Wenn wir schlafen, sind wir am schutzlosesten. Vielleicht konnte ich deswegen nie die ganze Nacht bleiben.
Vorsichtig ziehe ich dir Türe hinter mir zu. Leise. Lautlos.
Ich merke, dass ich pinkeln muss. Ich weiß, dass ich mich dafür noch ein wenig gedulden muss. Gleich bin ich zu Hause, dann ist es vorbei.

Im Taxi lösche ich seine Nummer nicht nur, ich blockiere sie auch. Meine Mutter hat mir als kleines Kind beigebracht, dass man am besten nichts sagen sollte, wenn man nichts Nettes zu sagen hat. Ich glaube, sie wäre stolz auf mich.

Sie hat mir vor allem beigebracht, niemandem Schwäche zu zeigen. Mich nie einer Person so weit zu öffnen, dass ich mich nicht mehr zusammenflicken kann. Ich habe irgendwann also beschlossen, den Nähkasten für immer in der Schublade zu lassen. Ich kann mir nicht vorstellen, wie verstaubt er schon sein muss. *Staubratten.*

Sie hat mir auch beigebracht, nie zu fremden Leuten in die Wohnung zu gehen. Schon gar nicht, dort zu übernachten. Sie wäre bestimmt stolz auf mich. Jemanden, den man nackt gesehen hat, kann einem doch gar nicht mehr fremd sein, oder?

Ich habe jede Nacht in meinem eigenen Bett geschlafen.

Ich gebe dem Taxifahrer trotz der späten Uhrzeit kein Trinkgeld. Man sollte nie mehr ausgeben, als das, was man muss. Wenn er nicht mit dem Taxifahrerlohn zufrieden ist, den er bekommt, hätte er nicht in den Beruf einsteigen sollen. Ich lache innerlich, als ich ihn leise fluchen höre, kurz bevor ich die Türe schließe.

Ich schließe auf und renne auf die Toilette. Erleichtert darüber, endlich aufs Klo gehen zu können. Ein Seufzer entflieht meiner Kehle. Ich muss daran denken, dass es derselbe Seufzer war, den ich davor in seinem Bett aus meiner Kehle gezwungen habe. Stöhnen. Warum eigentlich? Ich weiß es nicht, will es auch gar nicht wissen.

Ich stehe auf, spüle und gehe zur Tür, um sie abzuschließen. In meiner Eile habe ich das nicht mehr geschafft. Das Händewaschen spare ich mir. Ich werde sowieso gleich duschen. Auch wenn man das nicht so wirklich als duschen bezeichnen kann. Eher als ein träges Herumplantschen im Wasser. Warmes Wasser beruhigt mich. Ich dusche mich trotzdem kalt ab. Mama hat immer gesagt, dass man auch die Dinge tun muss, vor denen man sich am meisten sträubt. Vor allem diese Dinge. Man darf keine Angst haben; man muss zur Angst werden. Wann bin ich zum Monster geworden?

Ich trockne mich ab und lasse mich in mein Bett fallen. Der vertraute Geruch von Zuhause steigt mir in die Nase. Ich atme ihn tief ein, fülle meine Lungen damit. Ich liebe den Geruch von mir. Ein bisschen süß, im Abgang einen Hauch bitter.

20. Nur noch weißes Rauschen

Ich laufe durch die überfüllte Straße. Ich bin diesen Weg schon so unglaublich oft entlanggelaufen, eigentlich müsste ich schon längst eine Kuhle in den Boden getreten haben. Ich laufe immer genau denselben Weg.
Ich atme immer genau dieselbe Luft. Ich weiß, wenn ich an den Abgasen zu ersticken drohe, kann ich immer zurückgehen. Aber Fortschritt geht nur in eine Richtung. Ich laufe weiter nach vorne.
Wie viele andere vor mir, bin auch ich an dem Tag meines achtzehnten Geburtstags vom Dorf in die Großstadt gezogen. Schon viel zu lange hat mich die Stadt gelockt. Das Dröhnen der Autobahnen Musik in meinen Ohren. Die Baustellen sangen den Refrain. Als es endlich so weit war, war ich, wie so viele andere mit mir, der glücklichste Mensch auf der Welt gewesen.
Viel hat sich nicht geändert seitdem. Ich bin immer noch glücklich. Glücklicher sogar.
Die Stimmen um mich herum verblassen. Ich höre nur noch vereinzelte Wörter aus ihren belanglosen Gesprächen. Alles geht über in dieses wunderschöne weiße Rauschen. Musik in meinen Ohren.

Regenbogen explodieren vor meinen Augen. Ich weiß, dass ich es gerade so noch schaffen werde. Am Anfang habe ich immer Angst gehabt, dass ich es nicht rechtzeitig nach Hause schaffen würde, bevor der Boden unter meinen Füßen beginnt, mit dem weißen Rauschen in meinen Ohren zu tanzen, meinen ganzen Körper zu verknoten.
Meine Schritte werden immer größer und mein Ziel entfernt sich immer mehr von mir. Es ist, als würde ich auf meine Wohnungstür zuschwimmen. Als wäre sie ein Ball, der auf der Wasserober-

fläche treibt. Da, direkt vor mir. Je näher ich komme, desto weiter entfernt er sich.

Ich lasse mich auf mein Bett fallen und fange an zu lachen. Das Bett, in dem ich heute Morgen weinend aufgewacht bin. Das Kopfkissen fängt schon seit so vielen Jahren verlässlich meine Tränen auf. Ich habe mal gelesen, dass man Kopfkissen regelmäßig wechseln sollte. Bettlaken auch.

Das einzige was sich in meinem Bett ändert, sind die Leute, die ihre Nacht darin verbringen. Es ist mir egal, wie viele Klischees ich damit erfülle, aber ich habe mich in die Schnelllebigkeit des Lebens verliebt. So sehr, dass kein Platz mehr für etwas anderes in meinem Herzen übriggeblieben ist.
Ich schließe meine Augen und warte, bis selbst das weiße Rauschen verblasst.

21. Ich für dich

5:09

Ich konnte wieder nicht schlafen. Ich kann oft nicht schlafen. Zu viele Gedanken füllen meinen Kopf. Zu viele Bilder. Zu viele Erinnerungen. Zu viel von allem. Und doch nichts. Mein Kopf ist leer. Ich bin leer. Bald singt die Lerche ihr Lied. Bald wacht alles auf – zuerst die Lerche, doch ich bin schon wach. Ich kann noch die Stimme der Nachtigall in meinen Ohren widerhallen hören. Die Nachtigall. Ein schöner Vogel. Klein. Braun. Lange Beine ...

7:58

Sie kommt schon wieder zu spät. Sie kommt immer zu spät. Ich nie. Ich bin immer pünktlich.

8:04

Ich bestelle mir einen Kaffee. Ein kleiner Schluck reicht mir schon aus. Der scharfe Geruch in meiner Nase macht mich noch wacher als ich ohnehin schon bin. Wäre ich jemand anderes, würde ich vermutlich jetzt anfangen auf den Tisch zu klopfen, mit dem Bein auf und ab zu wippen. Doch ich bin ich. Ich mache gar nichts. Ich warte.

8:09

Über dem Tresen hängt ein Schild. Es ist schief. Ihr Lachen auch. Bei ihr ist es schön. Das Schild stört mich. Ich will es geraderücken.

8:17

Ich sehe sie in der Ferne. Sie hat ihr rotes Kleid an. Es schmiegt sich an ihren Körper. Jedes Mal erzählt sie mir davon, wieso sie es so sehr mag. Sie läuft jetzt. Schnell. Sie schaut auf ihre Uhr, ist abgelenkt. Nur für den Bruchteil einer Sekunde. Das reicht.

Ein Auto fährt knapp an ihr vorbei. Es hupt. Andere Autos bremsen scharf hinter dem Ersten. Es quietscht. Sie schimpft. Ihr Kaffeebecher ist auf ihr Kleid gekippt. Es ist ihr Lieblingskleid. Sie hatte es in jenem Sommer gekauft, als sie mit ihrem Freund in Barcelona war. Siebzehn neunundneunzig. Ein wahres Schnäppchen.

Es ist ihr Lieblingskleid. Sie schimpft. Man sieht die Trauer und die Wut fast schon in ihren Augen. Ich nicht. Sie ist noch zu weit weg.

8:23

Ich sehe sie nicht mehr. Ich trinke meinen Kaffee aus. Eine soziale Norm, die ich nie verstanden habe. Der bittere Geschmack liegt mir auf der Zunge. Mein Kopf füllt sich mit Informationen und Bildern. Arbeiter in heißen Ländern. Lächelnd, ihre Zähne schlecht. Ihre Kleidung löchrig und alt. Zahlen. Fünftausendsiebenhunderteinundsechzig. Drei Bohnen pro Tasse. Fünf Bohnen pro Sekunde. Einhundertvierundvierzigtausend pro Tag.

8:39

Sie begrüßt mich, entschuldigt sich. Mehrmals.

„Musstest du lange warten? Es tut mir so schrecklich leid. Beim nächsten Mal bin ich pünktlicher. Ich versprech's!"

„Nein. Es ist okay. Ich habe mich auch verspätet Bin gerade eben erst gekommen."

Ein Lächeln erhellt ihr Gesicht. Es erreicht ihre Augen. Sie macht dieses süße Geräusch. Ein kleines Grunzen. Eine Strähne fällt ihr vors Gesicht. Sie hat ein schönes Gesicht. Kleine Nase. Kleiner Mund. Große Augen. Wie ein Reh. Rehe sind schöne Tiere.

Sie redet, doch ich höre ihr schon nicht mehr zu, kann es gar nicht. Ich bin zu sehr abgelenkt damit, ihren sich bewegenden Mund zu betrachten. Sie lacht. Ich lache mit. Wir gehen los. Wir sind beide zu spät.

9:27
Wir sind zu spät. Sie ist immer zu spät. Ich jetzt auch. Jay steht an der Tafel. Er schaut mich wie immer missbilligend an. Trockene Wut breitet sich in mir aus. Er hält einen Vortrag. Ich setze mich und schaue sie weiter an. Sie kaut konzentriert auf ihrem Stift herum. In meinem Kopf fängt es an zu rattern, als mir vermehrt die Fehler Jays auffallen. Ich korrigiere ihn wortlos. Auf. Wie. Der. Mein ...

10:04
Der Professor verteilt die Klausuren. 100 Punkte. Gut gemacht. Ich lächle nur innerlich.

10:25
Es klingelt. Sie kommt zu mir. Stolz erzählt sie mir von ihrem Erfolg. „64 Punkte! Was hast du bekommen?"
„52."
„Was?! Aber du konntest das doch alles! Wie unfair!" Sie ist außer sich und brabbelt ohne Pause. Ich beneide sie um ihre Leichtigkeit. Mein Kopf ist zu voll. Ich verbessere sie nicht einmal stumm.

13:50
Der Professor stellt Fragen. Ich beantworte sie lautlos in meinem Kopf. Manchmal melde ich mich. Nie zu viele richtige Antworten. Gerade genug. Sie schaut zu mir als ich die richtige Lösung sage. Ihre Augen lacheln.

7:29

Heute hole ich sie ab.

„Ich liebe dich." Es tut mir leid.

Sie sagt nichts. Stottert. „Du bist zu früh."

Dreht sich um. Rennt.

Ich nicht. Ich schaue ihr hinterher. Stillschweigend.

Es ist die Lerche und nicht die Nachtigall, die singt.

22. Der letzte Tropfen

Ihr Eis schmilzt. Die Tropfen, die langsam an ihrer Waffel herunterrinnen erreichen bald ihre Hände. Sie redet ohne Pause. Wie lange schon? Auf jeden Fall zu lange. Ihr Eis schmilzt. Sie merkt es nicht, ist zu sehr darin versunken, zu erzählen. Von sich natürlich. Ein bisschen so, wie von einer anderen Person. Sie schwärmt regelrecht. Ihre Hände zeigen dabei zusammenhanglose Dinge. Ich schaue kurz auf meine Uhr. Am Anfang war das noch ganz amüsant. Neu und irgendwie auch spannend. Nicht wie ein Fußballspiel, bei dem man nur auf den Fernseher starrt und gebannt auf das nächste Tor wartet, sondern faszinierend. Noch unerkundet und unergründlich. Naja. Jetzt halt nicht mehr. Jetzt ist sie, für mich zumindest, berechenbar geworden. Ich hatte gehofft, dass es wenigstens diesmal länger dauert, bis diese Stufe erreicht wird. Am Anfang sah das noch ganz gut aus. Aber ich habe sowieso immer schon viel zu schnell das Interesse an Dingen verloren. Nicht nur an ihr. An was war ich überhaupt wirklich interessiert? Ich weiß es nicht, wusste es auch nie so recht. Wollte immer am besten alles. Und eigentlich nichts.

„Du hörst mir gar nicht zu", nörgelt sie und schmollt. Ein weiteres Klischee, dass sie erfüllt. Viel mehr stehen nicht mehr auf der Liste, obwohl so eine Liste mit Klischeepunkten eigentlich lang genug sein sollte; zumindest so lang, dass eine einzige Person ihnen niemals allen entsprechen könnte. Nichtsdestotrotz verkörpert sie jedes einzelne von ihnen. Das einzig ungewöhnliche an ihr, ist wohl ihr Name. Rhea.

Ich brauche ihr nicht zuzuhören. Ich weiß ja, worüber sie immer redet. Ich will, dass es ihr die Sprache verschlägt. „Was, wenn nicht?", frage ich sie deshalb unbekümmert.

Sie stockt, ist überrascht. Damit hat sie nicht gerechnet. Sie ist so leicht zu überlisten. Genauso leicht zu überlisten, wie zu durchschauen. Sie stottert irgendwas, aber ich höre ihr immer noch nicht zu. Brauche ihr nicht zuzuhören.

Ich lehne mich vor und unterbreche sie mit einem Kuss. Am Anfang ist sie noch etwas unbeholfen, überfordert, doch sie findet sich schnell in die Situation ein. Wie immer.

Sie ist außer Atem. Ich nicht. höchstens gelangweilt. Wenn überhaupt.

Was will ich wirklich? Was suche ich wirklich? Auf jeden Fall nicht das hier. Wenn doch, dann wüsste ich es, oder? Man spürt so etwas. Bestimmt. Liebe? Lüge. Oder etwa nicht? Warum erzählen sonst so viele von ihr? Andererseits erzählen oft viele Leute viel Müll.

Aber sind die Lügen nicht immer das Schönste? Vielleicht kann ich ja doch lieben. Das Gras ist ja immer grüner auf der anderen Seite und man möchte das haben, was man nicht haben kann, oder so. Ich weiß es nicht.

Ich weiß nicht einmal, ob ich es wissen möchte. Wahrscheinlich eh nicht. Aber es hätte schon etwas reizvolles. Es zu wissen, natürlich. Nicht zu lieben oder so einen Scheiß.

Sie redet schon wieder. So interessant ist ihr Leben auch nicht. Vor allem ist es genauso wie jedes andere auch.

„Dein Eis schmilzt", unterbreche ich sie. Sie scheint schon wieder überrascht zu sein, meine Stimme zu hören – obwohl das bei einem Date doch dazugehören würde. Es überrascht sie trotzdem. Der Klang meiner Stimme ist etwas Fremdes für sie. Für alle eigentlich.

Ich rede schließlich nicht viel. Es dauert ein paar Sekunden, aber dann endlich, nach einem endlos langen Ticken, kann man den

Groschen bei ihr fallen hören – das Echo vom Ticken hört man übrigens immer noch.

Sie flucht laut, als sie merkt, dass sie mit ihrer Dummheit ihr Kleid ruiniert hat. Unbeholfen versucht sie, die Flecken mit einem Papiertaschentuch, das sie sich aus der Designerhandtasche gefummelt hat, zu beseitigen. Sie merkt nicht, dass sie es schlimmer macht. Ein weiterer Tropfen fällt. Diesmal auf mich und das Fass läuft über.

23. Liebe auf den ersten Blick

Wir leben in einem Zeitalter, das es uns einfach gemacht hat, mit Freunden zu reden. Oder auch mit Fremden. Man muss schon lange nicht mehr Karten aus dem Urlaub verschicken, damit alle wissen, wo man war. Facebook, Instagram und Co. helfen, die vielen Freunde zu verwalten, die man hat. Und neue zu finden, wenn man mag.

Links. Links! Links. Links. Links. Links. Links. Links. Rechts. Ding. Hallo. Wie gehts? Links. Links. Links. Links. Rechts. Rechts. Rechts. Li- …, nee, rechts. Links. Links. Re-… Ding. Hallo. Smiley. Gut und dir? Smiley. Gut, danke. Was machst du? Links. Links. Links. Links. Ding. Ding. Nichts Besonderes... Und du? Smiley. Smiley. Auch. Links. Links. Rechts. Wow. Links. Links. Links

Rauschen der Spülung. Der Klodeckel fällt. Wasser fließ. Seife schäumt.

Essen. Kühlschrank. Klick. Whoop. Herzen. Healthy Life. Der Kühlschrank öffnet sich. Reste von gestern. Der Fernseher läuft. Musik auch.

Von draußen kommt Kindergelächter in die Wohnung. Er verdrängt es, drängt es raus. Das Fenster schließt. Besser.

Like. Like. Like. Haha. Like. Feuerflamme. Like. Like.

Das Geschirr klirrt im Waschbecken. Sport.

Gym. Zweiundvierzig Minuten Fahrt. Achtundzwanzig Minuten Training. Schweiß tropft. Tap. Tap. Atem. Keuchen. Klick.

Nach Hause. Sonnenuntergang. Klick. Klick. Klick. Klick.

Links. Links. Links. Die Kirchglocke läutet. Ding. Netflix and chill? Smiley. Ja, Adressen. Eine Zeit. Fünfzehn Minuten. Zwanzig Minuten. Zahn Minuten. Ich bin gleich bei dir. Fünf Minuten.

Stummes Klicken der Fernbedienung. Lautes Schreien im Fernseher. (Klick.) Leises Winseln. (Klick.) Wütende Stimmen. (Klick.) Lautes Jammern.

Klingeln an der Tür. Die Tür öffnet sich. Begrüßen. Lachen. Es ist nicht das erste Mal.

Lautes Knarzen des Bettes. Leises Stöhnen der Frau.

Ein Mal. Zwei Mal. Drei Mal die Woche. Freundschaft? Minus.

Es ist einfach. Wir sind einfach.

24. Gefühlsblindheit

„Der Himmel ist nicht mehr hellblau wie gerade eben. Er verfärbt sich langsam. Die Wolken verziehen sich. Das Blau geht über in ein zartes Rosa. Es ist fast wie in den Kinderläden, wo die babyblauen Jungsklamotten neben den hellrosa Mädchenklamotten hängen. Es ist fast so, als wäre der Himmel in Jungs- und Mädchenkleidung geteilt. Die Wolken die Regale. Immer mehr Vögel gleiten über das Meer. Das Meer glitzert. Du weißt, ich war nie gut im Beschreiben. Ich kann das wirklich nicht, glaube ich."

Sie hat die Augen fest verschlossen. Ihre Haare sind noch feucht. Es ist schwer zu beschreiben, wie wir daliegen. Sie liegt auf dem Rücken. Ihre Füße zeigen in die Richtung des Meeres, in dem wir gerade eben noch gebadet haben. Sie hat ihren Mund voll Wasser genommen. Wir haben damit gespielt, wie Kinder mit Wasserpistolen spielen. Unsere einzigen Waffen unsere Münder.
Die Sommerferien sind seit zwei Wochen um. Seit zwei Wochen sind wir alleine am Strand. Vor ein paar Monaten hat sie ihr Abitur geschrieben, erfolgreich, und ich meinen Bachelor, hoffentlich erfolgreich. Wir haben Ferien, bis wir kein Geld mehr haben. Wir haben gerade genug Geld, um noch die letzten Sonnenstrahlen genießen zu können.
Wassertropfen glitzern auf ihrer braungebrannten Haut. Ich habe noch den Geschmack von Salzwasser in meinem Mund. Ich liege neben ihr, auf dem Bauch, mein Blick auf den Sonnenuntergang vor mir gerichtet. Ihr Gesicht so nah an meinem.
„Das Abendrot erstreckt sich über das Meer", sage ich. Das habe ich mal irgendwo gelesen. Ich glaube, gerade passt es ganz gut. Das Rot ist jetzt aschig. Von einem Schwarzgrau durchzogen.

Wie in der Dokumentation, die wir gestern gesehen haben. Die Vulkane sahen kurz nach dem ausbrechen so ähnlich aus wie der Himmel gerade eben. Es ist, als würde die Wut der Sonne immer mehr abklingen."

Das schönste am Sonnenuntergang ist das Meer. Ich liebe es, wie man die Reflektion des Himmels sieht. Verzerrt und abstrakt. Wie ein Kunstwerk von Picasso. Nur für kurze Zeit kann man es bewundern. Es ist noch kürzer da, als der Sonnenuntergang selbst. Das Meer ist immer in Bewegung. Das Meer ist immer voller Leben.

Gerade eben, als wir im Wasser waren, hat sie auf einmal geschrien. Sie hat nicht gesehen, dass es kleine Fische waren, die ihre Beine streiften. Ein ganzer Schwarm von ihnen ist an ihr vorbeigezogen, als ich kurz aus dem Wasser gegangen war, um meine Haare zu trocknen. Fast hätte ich sie nicht gesehen. Meine Haare sind immer noch voller Sand.

„Das Rot weicht einem Dunkelblau, so dunkel, dass es auch genauso gut schwarz sein könnte. Bald kommen die Sterne. Ich liebe es, den Sternenhimmel zu beobachten. In der Stadt sieht man ihn nie. Da ist es immer zu hell. Die Stadt schläft nie. Keine Stadt schläft. Immer gibt es irgendwen, der irgendwohin muss. Alle müssen. Keiner will. Immer muss irgendwer irgendwas machen. Mal allein, mal zu zweit. Doch die Stadt schläft nie.

Das Meer schläft auch nicht. Die Wellen schlagen immer höher und lauter. Bald kommt der Mond. Bald kommen die Sterne. Hier ist es auch hell. Es ist aber ein anderes Hell.

Weißt du noch, ich habe mal versucht, es dir zu erklären. Es ist ein bisschen so, als würde man das zu grelle Neonröhrenlicht eines zu sterilen Krankenhauses mit dem Licht des Kamins vergleichen, der einen wohligen Geruch im ganzen Haus verteilt. Ich weiß bis heute nicht, warum der Geruch nach verbranntem

Holz, der Geruch nach verbranntem Leben so schön ist."

Ich fühle den Sand, als ich mir an den Zopf fasse, den sie mir geflochten hat. Meine Mutter hat mir nie beibringen können, wie das geht. Sie hat es so oft versucht. Vor dem Spiegel. Mit zwei Spiegeln. Ohne Spiegel. „Nach Gefühl", hat sie gesagt. Ich kann mich noch genau an ihren erschöpften, fast schon verzweifelten Gesichtsausdruck erinnern, der ihr Gesicht immer dann geprägt hat, wenn sie mich ansah.

Sie hat es gar nicht erst in Erwägung gezogen, mir zu zeigen, wie es geht. Sie konnte nur an sich selber flechten. Sie hat sich auf meinen Schoß gesetzt und nach hinten gegriffen. Ich war erst ein wenig verwirrt und wusste nicht so recht, was sie von mir wollte. Sie hat meine Haare geflochten. Ohne Spiegel. So konnte sie es am besten.

„Die ersten Sterne sind gekommen. Ich glaube, wir sind die einzigen die noch am Strand sind. Ich glaube wir sind die einzigen, die noch wach sind."

Ich stehe auf, um meine Brille zu holen. Mir wird langsam ein bisschen kalt, also ziehe ich mir mein Hemd an. Ich streife sie beim Aufstehen ausversehen mit dem Fuß. Ihre Haut ist noch warm von der Sonne. Sie gähnt herzhaft. Ich greife nach meiner Brille, die neben ihrem Hörgerät liegt. Sie musste es ablegen, als wir ins Wasser gegangen sind. Sie blinzelt und ihre verschlafenen Augen suchen mein müdes Gesicht.

25. Goldfische im Kelch

Ich mochte es schon immer, Dinge zu reparieren. Ich kann es auch gut. Vielleicht versuche ich deswegen, mich zu reparieren, sie zu reparieren. Ich wünschte, ich könnte ihr helfen.
Jede Dreizehnjährige hat dieselben Probleme. Sie sind einfach nur verwirrt.
Ich sehe sie vor mir. Sie ist ambitioniert. In ihrem Kopf versucht sie verzweifelt, einen Weg aus dem Labyrinth zu finden und versagt.

„Vielleicht hat sie schon aufgegeben."

„Das legt sich wieder. Das geht schon wieder weg."

„Bei mir ist es nicht weggegangen. Darf ich wenigstens mit ihr reden? Alleine."

„Nein, wozu? Ich kann doch dabei sein.
Ich kann dir doch helfen."

Sie versteht nicht die panische Angst in ihr. Ich schon. Ein bisschen davon lebt immer noch in mir, weigert sich, auszuziehen, obwohl ich sie schon so oft aus mir herausgezerrt habe. Ich reiße sie immer wieder aus. Sie ist zu tief in mir verankert. Ich übersehe immer ein Stück der Wurzel. Ich werde sie nie komplett los. Ich habe alles versucht. Vergraben, aufwühlen, vergiften.

„Nein, ich glaube nicht, dass das gut ist."

„Ihr seid beide so undankbar. So unglaublich unfassbar unbeschreiblich undankbar. Ich habe euch alles gegeben. Einen Garten voll Wissen. Aus aller Welt."

Die Dornen der Rosen kratzen an meinem Hals. Girlanden schlingen sich um ihre Brust. Sie kann genauso wenig atmen wie ich. Wenn sie läuft, knirschen eine Millionen kaputte Schnecken-häuser unter ihren Füßen. Ich klebe fest.

„Sie ist einfach nur zu verzogen, hat nie gehungert."

Ihre Augen schreien etwas anderes. Sie schreien nach Liebe. Sind ausgehungert, ausgetrocknet. Ich sehe sie vor mir, vor meinen eigenen. Ich sehe meine eigenen Augen in ihren.

„Sie wird es erst zu schätzen wissen, wenn sie es nicht mehr hat. Wenn sie nichts mehr hat als die Leere in Ihrer Brust, die wir gefüllt haben. „

Ich sehe sie im Türrahmen. Wie ein verschrecktes Tier. Gelähmt vor Angst: Ein Hase im Scheinwerferlicht von einem Auto, vielleicht ein Reh. Leise, um keine Aufmerksamkeit auf sich zu zie-hen. Eine unaufhörlich wachsende Welt in ihr. Umschlungen von den gleichen Girlanden, die sich auch um ihre Brust gelegt ha-ben. Blumen verdecken das bunte Innere. Blumen kaschieren ihr Innerstes. Sie haben wirklich einen großen Garten angelegt. Ich frage mich, wo sie so viele Blumen herhaben. Ich glaube, ich habe eine Pollenallergie. Das würde erklären, wieso mich mein Innerstes so fertigmacht, so kaputtmacht. Wieso ich so kaputt bin.

„Ohne Erwartungen. Ohne Forderungen"

Ich höre das Drohen in ihrer Stimme heute noch in meinen Ohren wiederhallen. Ich höre das Drohen in ihrer Stimme in ihren Ohren kreischen. Laut und spitz. Fingernägel, die an einer Tafel kratzen. Fingernägel, die in meinem Kopf schaben.

„Wir waren immer für sie da."

Sie waren da. Das stimmt. Das kann man nicht bestreiten. Sie waren aber einfach nur da. Puppen. Ich sehe sie noch heute am Esstisch sitzen. Immer, wenn ich die Augenschließe.
Sie erzählt. Aufgeregt. Es prallt alles an ihnen ab. Er stürzt sich ausgehungert aufs Essen. Fett tropft von seinen Fingern und von einem Mund über sein Kinn und auf seinen zum Bersten vollen Bauch.
Es war, als würde er sich von ihren Träumen ernähren. Als würden ihn ihre Worte am Leben halten. Er verschlingt sie ohne nachzudenken. Sie sind auf ewig verloren. Ihre Finger sind viel filigraner. Wie Schlangen. Ihre perfekt manikürten Nägel wie Krallen. Sie aß stumm ihren Salat. Schaute nicht einmal hin. Sie war den Anblick gewöhnt: Sie wusste, das Leben geht weiter, wenn er fertig ist. Wenn sein Bauch noch voller ist, während sie immer leerer wird.

„Ich habe ihr immer zugehört."

Nicht einmal jetzt hört sie mir zu. Sie hört nur. Sie sieht nur. Manchmal frage ich mich, ob sie überhaupt die Sachen verstehen kann, die wir seit Jahren schon versuchen zu erklären. Eigentlich müsste sie es können. Vielleicht will sie es nicht. Vielleicht braucht sie einfach nur eine andere Person, die ihr das sagt. Mit anderen Worten, verstehst du?

„Erstens solltest du dich zusammenreißen. Wo ist dein Respekt hingegangen? Ist er mit ihrem abgehauen?"

Etwas in mir sträubt sich gegen dieses Wort. Sie hatte schon immer eine eigene Definition des Wortes. Ich wusste, sie war nicht alleine damit. Trotzdem machte es das nicht richtiger. Sie hat uns unser Leben nie wirklich gegeben. Sie wollte es für sich behalten.
Sie sollte besser auf ihre Sachen aufpassen. Sie weiß nichts wertzuschätzen.
Meine Gedanken schweifen zurück. Es ist schon lange her. Sie kann sich bestimmt genauso gut wie ich daran erinnern. An den letzten Sommer. Als wir das erste Mal geredet haben. Unter uns. Im Auto. Sie hat mich damals gebeten, aufgefordert ihr den richtigen Weg zu zeigen. Sie hat es mir befohlen. Ihre müden Augen haben mich angefleht.Ich war mir am Anfang nicht sicher. Das ist heute anders. Ich habe zum ersten Mal gesehen, wie sich ihre Schultern entspannt haben, nachdem sie am ganzen Körper gebebt hat. Ihr Lachen war so schwach. Sie war einfach zu lange stark, glaube ich.

„Und außerdem, was soll das bitteschön heißen? Eine andere Person? Reichen wir ihr nicht? Sind wir ihr plötzlich nicht mehr gut genug?"

„Ist sie euch gut genug?"

„Egal, rede meinetwegen mit ihr. Mach was du für richtig hältst. Am Ende werdet ihr beide sowieso sehen, was ihr davon habt. Was ihr daran verloren habt. Ich will nicht wieder die Schuldige sein."

Ihre langen Fingernägel klopfen schon ungeduldig auf den Tisch. „Okay, Danke, Mama"

26. Verliebt

Sie lacht. Es wird hell. Blitzartig. Es ist schnell vorbei. Sie ist schon an den Blitzlichtregen gewöhnt. Sie mochte es, davon übergossen zu werden. Sie genießt es. Alle Augen sind auf sie gerichtet. Es werden ihr viele Fragen gestellt. Sie beantwortet nur eine.

„Stimmt es, dass der Kinderwunsch in Ihnen immer größer wird und vielleicht bald in Erfüllung geht?"

Sie kann die Schlagzeilen von morgen schon vor ihren Augen sehen. *Jetzt wissen wir, warum ihre Haut so leuchtet.* Vielleicht schreiben sie auch glüht. Sie weiß es nicht. Aber sie weiß, dass sie auf jeden Fall etwas schreiben werden. Sie steigt wieder ins Auto. Es ist so kalt, dass sie überall an ihrem Körper Gänsehaut bekommen hätte, wäre ihr Körper nicht größtenteils haarfrei gewesen.

Sie schaut sich Fotos vom Abend an. Ihre Mutter hat auf ihre Nachricht geantwortet: „Deine Augen haben einmal heller geleuchtet als jeder Stein auf deinem Kleid zusammen."

Sie weiß, dass sie keine Unterstützung von ihren Eltern erwarten kann. Das erhofft sie sich auch nicht.

Draußen ist es ruhig. Es gelingt ihr erst beim dritten Versuch, die Tür zu öffnen. Sie schreibt es dem letzten Glas Champagner zu.

Das Klacken ihrer Schuhe hallt im sonst stillen Haus ein wenig lauter als ihr lieb ist. Sie bekommt schnell Kopfschmerzen und das Klacken wirkt wie ein Katalysator. Schnell zieht sie sich die Schuhe aus und läuft barfuß weiter. Die Fliesen unter ihren nackten Füßen sind angenehm kalt. Vielleicht schwellen ihre Füße ja auch so schneller etwas ab.

Sie schaut nicht in den Spiegel. Sie schaut auf ihr Handy. Sie mag es nicht, in den Spiegel zu schauen, zumindest jetzt gerade nicht. Sie schaut sich Fotos an. Fotos von sich selbst. Sie ist schön. Ihre Wimpern berühren ihre Augenbrauen. So lang sind sie.

Sie nimmt sich die Wimpern ab. Behutsam legt sie sie in ihren Karton. Sie schaut, ob sie auch sauber sind. Sie will sie wiederbenutzen können. Sie zoomt an das Bild. Ihre Zähne sind strahlend weiß. Weißer sogar noch als ihre Perlenkette.

Ihre Haare sind lang. Sie gehen ihr fast bis zur Hüfte. Lange braune Locken. Ihre Mutter hat ihr mal erzählt, dass braunes Haar immer intelligenter aussieht als blondes.

Sie hat auf sie gehört und nie auch nur mit dem Gedanken gespielt, sich die Haare blond zu färben. Selbst als alle ihre Freundinnen nach und nach zu Blondinen wurden, blieb sie ihrer Haarfarbe treu. Sie mag ihre Haare.

Sorgfältig bürstet sie die Extensions durch, bevor sie sie behutsam in die Schublade legt. Fast so, als würde sie ein Baby zu Bett bringen.

Sie sieht sich ihren letzten Instagrampost an. Zweihundertsechsunddreißig Kommentare. Ungefähr tausendmal so viele Likes. Die meisten Kommentare sind nett. Die anderen löscht sie einfach, sie macht sich nicht einmal mehr die Mühe, sie zu lesen. Sie schaute sie nur noch an.

Sie sieht nun doch in den Spiegel. Rümpft die Nase. Angewidert von dem Anblick und hört auf, als sie die Falten sieht, die dadurch entstehen.

Ihr Handy vibriert. Sie wurde in einem Artikel markiert.

Sollten Magersüchtige wirklich Kinder bekommen?

Bing.

Nie ohne Schminke aus dem Haus; wie soll sie ein Kind lieben, wenn sie nicht einmal sich selbst lieben kann?

27. Besessen

Zehn Jahre ist es jetzt her. Vor Zehn Jahren habe ich mein Abiturzeugnis erhalten. Jahrgangsbeste. Ich habe die Leute teilweise bei unserem Treffen gestern nicht wiedererkannt. Ich habe sie nicht wiedererkennen können. Sie haben sich zu sehr verändert. Anzüge und Schlips. Kleider, die mehr kosten als meine Miete. Diplome, die weniger wert sind als sie selber. Kinder. Dabei waren wir doch alle selber Kinder.
Dabei sind wir doch alle selber noch Kinder. Kinder mit einem Diplom. Jeder von uns hat studiert. Ich glaube, das hat mich am meisten überrascht. Keiner sah so wirklich glücklich aus. Ich glaube, das hat mich am wenigsten überrascht.
Keiner war so wirklich zufrieden. Weder mit sich, noch mit den anderen. Es war irgendwie immer noch genau so wie damals während der Mottowoche: **Was ist dein größter Albtraum?**

Ich habe nicht so wirklich dazu gehört. Genau so wie damals, nur ein bisschen anders. Alle um mich herum jubeln. Sie feuern mich an. Alle Blicke sind auf mich gerichtet. Früher war das noch anders. Früher hat man durch mich hindurchgeschaut. Jetzt schaut gerade niemand mehr etwas anderes an. Nur mich. Mich. Ich war immer schon gesegnet mit einem guten Aussehen. Es ist früher nur niemandem aufgefallen. Ich glaube, ich musste sie einfach nur darauf aufmerksam machen.
Schweißperlen bilden sich langsam auf meinem Dekolleté. Sie glänzen verführerisch im Licht. Ich habe mich nie zu teurem Schmuck hingezogen gefühlt. Und trotzdem bekomme ich so viel davon von vielen verschiedenen Menschen geschenkt. Fast schon zu viel. Ich sehe meine Reflektion überall. In den Flaschen auf den Tischen um mich herum. In den gläsernen Augen der

Männer um mich herum.

Lange Haare. Lange Beine. Lange Wimpern. Große Augen. Große Lippen. Große Brüste.

Ich sehe meine Reflektion in der Stange, an der ich mich bewege. Ich sehe mich.

Ich glaube, ich könnte nicht glücklicher sein. Ich lebe gleich zwei Leben. Dabei hatte ich früher so große Angst, nicht einmal ein einziges leben zu können. Ich sehe, wie unbegründet meine Ängste rückblickend doch waren.

Ich habe, so albern das auch klingen mag, meine Familie endlich gefunden. Ich habe mich selber gefunden. Unter all der Show und Schminke.

Ich habe immer schon an Karma geglaubt. An den Spruch: „Das ist die schönste Zeit deines Lebens" allerdings nie. Als Jahrgangsbeste habe ich dann mit der schlechtesten Psyche Arbeit gesucht. Direkt im ersten Semester hat das Kellnern bis um drei angefangen. Ich war hin- und hergerissen zwischen überleben und lernen. Es gab tatsächlich auch Zeiten, an denen letzteres Wichtiger war.

Heute nicht mehr.

Ich habe mich schon früh für Schminke interessiert. Vielleicht ein bisschen zu früh. Früh schon habe ich eine Faszination dafür entwickelt. Fast schon eine Obsession. Besessen von mir selbst. Ob ein Exorzist wohl sich selbst vertreiben kann? Meine Eltern haben mich immer verteufelt. Sie haben mich, glaube ich, sogar ein kleines bisschen gefürchtet. Vielleicht sogar sehr. Vielleicht haben sie auch einfach nur um mich gefürchtet. Ich werde es wohl nie erfahren.

Ich brauche nicht auf die Uhr zu schauen, um zu wissen, wie spät es ist. Für heute sind es noch zwei Lieder. Mein Lieblingslied. Ich fühle es in meinem Körper widerhallen. Ich spüre es in meinen Knochen.

28. Meine bessere Hälfte

Nur eine dünne Glasscheibe trennt uns. Wie immer. Sie sieht so schön aus. Wie immer. Ich frage mich, ob sie sich selbst auch so sieht. Ich liebe es, ihr dabei zuzuschauen, wie sich ihre Lippen bewegen, wenn sie erzählt, was sie bewegt. Doch ich liebe es auch, ihr zuzuschauen, wie sie mir zuhört. Sie bewegt ihren Mund dabei leicht mit. Hat es schon immer so gemacht. Am Anfang wurde sie noch belächelt dafür, doch mittlerweile geht es wieder. Es sieht ja kaum jemand. Es spricht ja kaum jemand mit ihr. Sie spricht aber auch immer seltener mit Menschen. Vor allem seit sie da drin gefangen ist. Aber es sind ja nur noch fünf Monate. Als das alles angefangen hat, waren es auf den Tag genau noch zwei Jahre. Es kommt mir so vor, als wäre seitdem eine halbe Unendlichkeit vergangen.

Wir erzählen uns im Grunde nie so wirklich was Neues. Jeden Tag dasselbe eigentlich. Aber es ist trotzdem schön. Es ist unser kleines Ritual. Es muss niemand davon wissen. Ich habe keine Person so sehr geliebt wie sie. Ich sag ihr das jeden Tag. Jeden Tag erinnere ich sie daran, dass wir hier rauskommen werden. Ich werde mein Studium ja auch bald endlich fertig haben. Wie sehr ich diese Menschen da hasse. Mindestens genauso sehr, wie sie mich hassen müssen. Es gibt nicht viele, die mich mögen. Nur sie eigentlich. Ich schätze, ich mache es den anderen nicht gerade schwer. Das hat meine Mutter zumindest immer gesagt. „Schatz, du desozialisierst!"

Mama, ich war nie sozial. Egal.

Sie ist fertig mit Erzählen. Ich auch. Manchmal sitzen wir auch nur da. Nebeneinander. Getrennt nur von dem dünnen Glas. Jetzt auch. Ich schließe die Augen. Nur ganz kurz. Doch ich bin wohl eingeschlafen. Ich war, zugegeben, sehr erschöpft. Sie schaut mich verständnisvoll an. Sie weiß, ich muss jetzt gehen doch sie weiß auch, dass ich wiederkommen werde, weiß, dass ich immer wiederkommen werde. Ich habe ja niemanden außer ihr. Sie hat niemanden außer mir. Und das ist ganz gut so. Wir haben uns gegenseitig. Wir lieben uns gegenseitig. Wie lange kennen wir uns schon? Seit ich denken kann eigentlich. Sie war immer schon für mich da gewesen und ich für sie. Doch die letzten neunzehn Monate waren nicht leicht. Wir haben uns immer seltener gesehen. Doch es ist ja nicht mehr lang. Nur noch fünf Monate.

Essenszeit. Jeden Tag dasselbe, es steht mir langsam bis zum Hals. Aber ich muss was essen. Sonst schöpfen sie nur wieder unnötig den Verdacht, dass ich krank bin oder so was Dummes. Und dann können wir das mit den fünf Monaten streichen. Und noch länger kann ich echt nicht warten. Ich schleiche mich leise raus. Der vertraut-verbotene Rauch der Zigarette füllt meine Lunge und augenblicklich geht es mir besser. Ich schließe die Augen nur ganz kurz. Aber diesmal achte ich darauf, dass ich nicht aus Versehen einschlafe. Ich rauche schnell zu Ende. Die nächste und dann noch eine. Ich muss mich aber beeilen, sonst fällt auf, dass ich weg war. Ich gehe zurück und will einfach nur zurück zu ihr, doch sie lassen mich nicht in Ruhe. „Und wie war dein Tag heute?" „Was hast du Schönes gemacht?" „Was hast du heute noch vor?"

Am liebsten würde ich sie alle so laut anschreien, dass mir mein Trommelfell aus den Ohren fliegt. Doch ich lasse es sein. „Erzähl doch ein bisschen was, du bist immer so schrecklich ruhig." Ich wimmle sie schnell ab. Mit dem Lächeln, dass ich so oft mit ihr geübt habe, geht das ganz gut. Ich habe das Gefühl, immer besser darin zu werden, aber immer noch nicht gut genug. Unsere gemeinsame Zeit wird zwar immer länger, aber sie fühlt sich immer kürzer an. Ich lege meine Finger sanft auf ihre – also eigentlich gegen das Glas. Ich würde sie am liebsten überall berühren. Sie ist so viel schöner als ich. War es immer schon gewesen. Meine bessere Hälfte. Für immer. Seit immer.

Aber es geht nicht; wir sind getrennt. Und doch sind wir uns näher als ich es je mit irgendwem war, näher als ich es je irgendwem sein werde. Ich lehne meine Stirn ans Glas, dort wo auch ihre Stirn ist, doch ich bleibe nicht lange so sitzen. „Ich liebe dich." Meine Stimme ist brüchig und mein warmer Atem beschlägt das kalte Glas und ich merke, dass ich jetzt zurückweichen muss, wenn ich sie noch weiterhin sehen möchte. Ich will gerade meine Finger wieder auf das Glas legen um die Konturen ihrer vollen Lippen nachfahren zu können, da wird die Tür aufgerissen, ohne dass es davor geklopft hätte.

„Was machst du da?"

Ich sage nichts. Er soll einfach gehen und uns in Ruhe lassen. Ich weiß, dass ich ihm die Frage spätestens beim zweiten Mal beantworten muss. Doch das ist noch ein paar Sekunden entfernt. Ich muss mich schwer beherrschen, nicht zurückzuschauen.

„Was machst du da?"

Ich will ihm die Frage beantworten, will es wirklich. Doch irgendetwas in mir wehrt sich dagegen, weiß, dass es sowieso nichts bringen wird. Es hat ja schon so oft nichts gebracht. Also sage ich nichts. Ich schreie auch nicht. Obwohl ich es wirklich gerne getan hätte. Obwohl ich wirklich gerne ausgerastet wäre.

Ich nehme den Stuhl. Er ist festgeschraubt. Doch Wut verleiht Kraft und das Glas zerbricht in zehntausend kleine Stücke – mindestens.

Doch ich kann nicht zu ihr, weil sie schon überall um mich herum versammelt sind. Männer und Frauen in weißen Anzügen. Sie schreien Code 4 oder 5 oder sowas und Parxaprofen oder sowas und von irgendwoher kommt dieses unfassbar laute Geräusch, und ich falle auf den Boden und bedecke meine Ohren, doch es hilft nicht.

Bevor ich das kurze Stechen der Nadel spüre, sehe ich noch zwischen den Beinen der Männer und Frauen in Weiß, wie sich Leute im Flur versammelt haben. Ich höre noch wie Carmen sagt, dass es Unglück bringt, Spiegel zu zerbrechen. Sieben ganze Jahre. Ich hatte schon achtundzwanzig Jahre lang Unglück. Das ist genau vier Mal so lang. Was machen da schon sieben weitere Jahre?

So war es das letzte Mal gewesen.

Diesmal wird es anders. Es ist nicht mehr lang und dann kann ich hier endlich weg. Ich bin ja nicht einmal krank, ich verstehe auch nicht so recht, warum ich hier bin.

„Was machst du da?"

Sein Ton hat sich verschärft. Ich zwinge mir ein Lächeln aufs Gesicht. „Nichts, ich wollte gerade runter in den Gemeinschaftsraum. Carmen und ich wollen Karten spielen."

Mein Herz zerbricht in tausend kleine Stücke, weil ich ohne sie gehen muss, doch mein Brustkorb zieht sich ein bisschen weniger als sonst zusammen. Ich weiß ja, dass ich wiederkommen werde.

29. Schmelzende Gletscher

Die Erderwärmung vernichtet unseren Planeten. Bald ist er vielleicht blauer als uns lieb ist. Die Gletscher schmelzen. Die Eisbären sterben. Ihr Blut befleckt die Meere. Ihr Blut befleckt unsere doch so wunderschön weiße Weste.

Der Müll ist überall. Delfine verfangen sich in den Netzten. Ihr Blut lässt Spuren. Spuren, die wir bald nicht mehr wegwischen können.

Die Weste ist schon zu dreckig. Sie wurde schon zu oft reingewaschen. Sie ist schon zu abgenutzt.

Die Stimme im Fernseher ist wütend. Sie versucht, die beiden aus der Trance zu wecken, in der sie sich befinden. Sie versagt. Sie sind zu sehr mit ihren eigenen Problemen beschäftigt. Innerlich wünscht sie sich, es wäre jetzt schon so weit. Eine Welle zerschmettert ihr Haus. Nimmt sie mit. Sie ist befreit.

Trübes Blau.

So schöne blaue Augen. Sie hat mal die ganze Welt in ihnen gesehen. Sie sieht, wie das Eis in ihnen bricht. Wie die Tränen immer schneller rausprudeln.

Er fragt immer wieder.

Sie weiß es nicht. Sie weiß nicht, ob es nötig war ihn wegen einer Ungewissheit so zu verletzten. Er ist älter als sie. Sieben Jahre. Sie wusste nicht, dass er weinen wird. Sie wollte nicht, dass er weint. Sie hat nicht geweint. Obwohl sie jünger ist. Sie weint nicht mehr. Sie hat gelernt, es für sich zu behalten. Sie hat gelernt, zu lügen. Sie konnte andere so schön belügen. Sie konnte sich selbst so schön belügen.

Er weint nicht mehr. Es hat nicht lange gedauert. Sie hat ihn nicht getröstet. Sie wollte ihn nicht trösten. Sie konnte ihn nicht trösten.

Er verdient mehr als sie. Nicht nur, weil Frauen allgemein weniger verdienen. Er arbeitet in einem besseren Büro. Er arbeitet besser. Bei ihm braucht sie sich nicht um Geld zu sorgen.

Nachdem ihre Eltern gestorben waren, hatte sie sich um Rhea kümmern müssen. Man hat ja gesehen, wie gut das klappte. Alle dachten immer, sie seien Geschwister. Sie sahen sich sehr ähnlich. Aber sie waren sich nicht ähnlich. Kein bisschen. Rhea war schwer. Sie war leicht.

Etwas in ihr hat sich gelöst, als ihre Eltern starben. Niemand hat verstanden, warum sie so leicht wurde. Sie hat gelernt, so zu tun, als würde sie ihr Tod runterziehen. Sie hat gelernt, sich zu verstecken.

Zu gut.

Sie hat sich verloren.

Vielleicht ist das kleine Mädchen immer noch da, irgendwo, am Warten. In einem Kleiderschrank vielleicht. Einem Schrank voller Skelette. Vielleicht hat auch sie angefangen, sich anzupassen.

30. Befleckt

Es dauert nicht lange und plötzlich ist es überall rot. Gar nicht lange, um genau zu sein. Lediglich den Bruchteil einer Sekunde nimmt es in Anspruch. Die Wände – sogar die Decke – die Möbel, der Boden. Ich. Alles ist getaucht in dieses schöne, glänzende dunkelrot und ich kann meine Augen nicht davon abwenden. Irgendwas in dem Rotweiß der Wand hat meine Aufmerksamkeit gefesselt und lässt sie nicht mehr los.

Mama sagte immer, dass ich vorsichtig sein soll mit Rotwein. Die Flecken, mein Kind, sind schlimmer als Unkraut. Schlimmer als Männer sogar. Kaum denkst du, sie sind weg, scheint das Licht von einem anderen Winkel drauf und – Schwups – tauchen sie wie von Zauberhand wieder auf.

Ich war also immer vorsichtig mit Rotwein. Das heißt, nicht ganz – es wäre nichts als eine dreiste Lüge, das zu behaupten. Ich war immer sehr vorsichtig mit Rotwein gewesen. Bis vor kurzem.

Warmes Rot tropft von der Decke und rinnt die ehemals weiße Wand hinunter. Ich sollte sie putzen; Ich muss sie putzen. Schnell. Bevor es wirklich zu spät ist. Aber ist es das nicht schon eigentlich? Ich glaube schon. Egal.

Verdammt. Das hat er immer gesagt. „Du bist verdammt. Verdammt zu allem Schlechten. Weißt du das eigentlich? Scheiße, man, wie kann ein Mensch nur so viel Unheil anziehen?"

„Bitte ...", aber er ließ mich nicht aussprechen. Er ließ mich nie aussprechen. Es war ihm nicht nur ‚relativ' egal, was ich zu sagen hatte, wie er immer sagte. Es war ihm schlichtweg einfach nur egal. Er hob seine Hand in die Luft, und bevor die Angst meinen Körper erreichen konnte, hatte er sie gegen die Wand geschlagen. Die Wand hat jetzt ein Loch, dort wo seine Faust auf sie getroffen ist, aber das in meinem Magen ist größer. Direkt im Rot. Und ich kann meinen Blick immer noch nicht davon abwenden.

Wir haben uns nie gestritten, früher. Wie denn auch? Wenn man nicht miteinander redet, ist das nicht so einfach.

Was ist überhaupt dieses Wir? Es gab nie ein Wir, ein Uns. „Bleib einfach direkt hier bei mir. Dann ist es leichter. Deine Sachen kannst du ja zu meinen in den Schrank legen. Da ist noch ein bisschen Platz. Sollte passen." Es war nie eine Frage. Nie eine Bitte. Nur Befehle verließen seinen Mund. Doch das war okay. Meine Ansprüche waren nicht sehr hoch zu der Zeit.

Wie denn auch? Ich kannte schließlich nichts anderes. Nur ihn. Doch er kannte mich nicht. Wollte mich auch gar nicht kennen, glaube ich. Jetzt ist er weg, jetzt wird mich niemals kennenlernen.

Warmes Blut tropft von meiner kalten Hand auf meine nackten Beine. Meine Hand zittert wieder. Seit wann? Ich unterdrücke es so gut es geht, balle sie zu einer Faust zusammen und genieße das Brennen des Alkohols. Ich genieße das kribbelnde Gefühl, dass nun meinen Körper durchfährt. Ich bin seit Langem wieder lebendig. Oder zum ersten Mal? Um ehrlich zu sein, ich weiß es nicht. Um noch ehrlicher zu sein, ist es mir auch relativ egal. Wichtig ist das Jetzt. Nur das Jetzt.

Was ist denn jetzt?

Jetzt stehe ich mittendrin. Umgeben vom Rotweiß der Wand. Mir wird schlecht, wenn ich daran denke was gerade eben passiert ist. Mir ist oft schlecht in letzter Zeit. Darf ich es dir überhaupt erzählen? Ich bin mir nicht sicher. Es tut mir so leid.

Jahrestag. Heute hätten wir ihn zum siebte Mal gefeiert. Dieses verflixte siebte Jahr. Wir haben wohl das Klischee erfüllt und es geschafft, es gerade pünktlich nicht zu schaffen.

Ich hatte alles schön eingerichtet, wusste er würde müde sein, wenn er nach Hause kommt. War er auch. Ich stand gerade unter der Dusche, dachte, ich hätte noch ein wenig Zeit bevor er kommt.

Seine Schuhe stehen immer noch da, wo er sie ausgezogen hat. Da, wo er sie eigentlich immer auszieht. Nie gerade. Nie nebeneinander. Aber morgens, bevor er rausging, waren sie immer an ihrem Platz. Warteten auf ihn. Ordentlich und sauber, nebeneinander. Wann haben die schlaflosen Nächte angefangen? Ich weiß es schon gar nicht mehr, kann mich nicht mehr an eine Zeit ohne sie erinnern. Oder doch, aber nur dunkel. Alles verschwommen, der Geruch von Mamas Pfannkuchen in meiner Nase. Die Augen noch müde. Ich hatte zu lang geschlafen und draußen sangen die Vögel ihr morgendliches Lied. Manchmal setzten sie sich auf meine Fensterbank und schauten mir zu. Ich mochte die Vögel. Deswegen wollte ich eigentlich nie wegziehen von zu Hause. Doch das weißt du schon, ich habe dir so häufig gesagt, wie sehr ich Mamas Pfannkuchen und das Vogelgezwitscher vermisse.

Hier singen nie Vögel, es gibt nicht einmal Vögel hier. Es gurren höchstens die Tauben. Mama hat immer gesagt, dass Tauben die Ratten der Vogelwelt sind.

Doch er meinte, woanders sei es zu dreckig. Außerdem wäre die Stadt doch zentraler, größer – besser halt. Ich widersprach nicht. Ich wusste damals schon, dass nie etwas zur Debatte stand zwischen uns. Wenn er sich ein Urteil gebildet hatte, blieb es meistens dabei, da konnte man rütteln, so viel man wollte. Es brachte nichts, außer die Wut in seine Augen und in seine Stimme. Sein ganzer Körper war dann angespannt. Jeder einzelne Muskel.

Ich war fast fertig mit dem Duschen, da kam er ins Badezimmer. Er klopfte sowieso nie, daran war ich gewohnt, doch diesmal war es anders. Die Spannung war eine andere und während das kalte Wasser auf mich prasselte, hörte ich wie nach und nach seine Klamotten zu Boden fielen.

Ich hatte mir echt Mühe gegeben mit der Vorbereitung des Abends. Ich hatte den Tisch gedeckt, die Kerzen bereitgestellt, den Wein schon einmal geöffnet, damit er atmen kann. Genau wie er es mochte. Sein Liebling löst alle seine Probleme. Die Schwarzwälder Kirschtorte hatte schon vier Stunden im Kühlschrank gestanden und die Ente wäre in 15 Minuten fertig gewesen. Genau rechtzeitig.

Er stieg zu mir in die Dusche. Er redete nicht. Ich spürte ihn schon an mir, bevor ich etwas sagen konnte. Er grub seine eine Hand in meine Hüfte, zog mich zu sich. Die andere war in meinen Haaren an meinem Kopf, drückte mich runter. Ich wollte was sagen, wirklich, Papa. Es ging einfach nicht. Ich war wie gelähmt … Nein. Ich war, glaub ich, tatsächlich gelähmt. Ich glaube, Ich konnte nicht einmal atmen. Ich glaube, mein Herz hat aufgehört zu schlagen, als mich dieser stechende Schmerz durchfuhr.

Irgendwo in mir wusste ich, dass das weder das erste Mal war, noch das letzte.

Papa, ich muss dir was sagen. Deswegen habe ich den Brief eigentlich geschrieben, deswegen habe ich die Schwarzwälder Kirschtorte und die Ente eigentlich gebacken. Er hätte den Tag sowieso vergessen. Neben den Kerzen lag noch etwas. Ein kleiner Streifen mit einem kleinen roten Plus. Direkt daneben auch ein Bericht vom Arzt. Von der Ärztin eigentlich. Ja, unserer Ärztin. Ich wollte, dass er es zuerst weiß.

Jetzt liegt er auf dem Boden. Getränkt in Rotwein und Blut. Hier ist so viel Blut, Papa, und ich habe solche Angst. Aber ich darf mich nicht fürchten, ich habe keine Schmerzen. Ich glaube, ich werde auch keine Schmerzen haben, gleich.

Er ist direkt danach gegangen. Er hat mir nicht wehgetan. Nicht so, wie du vermutlich denkst. Er hat mich nicht geschlagen. Er hat mir anders weh getan, aber er ist gegangen und hat es nicht mal gemerkt. Er hat nur ein Loch in die Wand geschlagen. Direkt über dem Kamin und unter dem Hirschgeweih, dass er da hingehängt hat. Er hat gut getroffen.

Mach dir keine Sorgen um mich. Es geht mir gut. Nein, das vielleicht nicht. Aber es wird mir gut gehen. Ich verspreche es dir. Ich bin schließlich dein großes Mädchen, kann jetzt auf mich aufpassen.

Ich weiß nicht, wo er jetzt ist. Ich glaube aber, dass er wiederkommt. Er muss. Seine Schuhe stehen noch da, wo er sie ausgezogen hat, er hat nur die Autoschlüssel mitgenommen.

Er hat sich nicht gefreut über unser Baby. Ich kann nicht schwanger sein, und am allerwenigsten kann ich einem Kind ein Leben mit ihm als Vater zumuten.

Ich weiß, du wolltest schon immer Enkel haben, du hättest dich bestimmt gefreut mit einem Kind auf dem Schoß an einem Sommerabend auf der Terrasse zu sitzen so wie damals, als Mama noch da war und ich klein. Genauso, wie du es mir immer erzählt hast.

Er hat gerade angerufen, ich muss mich beeilen, sonst kommt er zu früh zurück.

Ich verstehe Mama jetzt. Ich bin nicht mehr böse auf sie. Ich weiß, du hast gesagt ich soll es nie sein, doch ich konnte nicht anders. Ich glaube, ich habe es nie verstanden. Ich habe nie verstanden, woher sie den Willen, den Mut und auch die Lust genommen hat es zu tun.

Ich liebe dich. Es tut mir leid. Wirklich –

31. Durch das Leben rasen

Als Kind wollte ich immer Rennfahrer werden. Als ich vierzehn Jahre alt und schon über einen Meter fünfundsiebzig groß war wusste ich, dass aus meinem Traum, Jokey zu werden nichts werden würde. Aber wie es bei Träumen so üblich ist, wurde auch dieser schnell ersetzt. Rennfahrer war sowieso viel moderner, viel cooler.

Ich merkte sehr schnell, dass auch daraus nichts wird. Heute rasen meine Finger (über die Tastatur) und mein Herz (in meiner Brust) um die Wette. Wobei letztere Partei wohl schon vor der ersten Runde disqualifiziert worden wäre, wenn es einen Drogencheck gegeben hätte.

Würde mir die Zeit dazu nicht fehlen, würde ich mich fragen, wie lange wohl schon Koffein anstelle von Blut durch mein Herz fließt.

Die Antwort darauf würde ich wissen, aber verdrängen, wie so lange schon.

Ich frage einfach nicht.

Zahlen sausen über meinen Bildschirm. Ich kann keine Fehler machen. Ich darf keine Fehler machen. Ich muss meine Arbeit behalten. Ich habe sonst nichts mehr. Ich habe gelernt, meine Liebe umzulenken. Seit Perditas Tod und meiner Trennung von ihrer Mutter hatte ich zu viel davon. Ich wusste, um ehrlich zu sein, gar nicht wohin mit so viel Liebe. Ich habe sie in meinen Beruf gesteckt, habe wieder angefangen, ihn zu lieben. Genauso wie damals, vor so langer Zeit. Ich weiß noch, wie ich voller Elan angefangen hatte, hier als Praktikant zu arbeiten. „Ein aufgeweckter Mitarbeiter" stand hinterher in meinem Praktikumszeugnis. Sie haben mich direkt übernommen, ich hatte mich nicht einmal bewerben müssen. Heute ist selbst meine Haut müde.

Schlaflose Nächte zeichnen sich unübersehbar ab, man erkennt sie unter meinen Augen.

Die Kaffeemaschine wird bestimmt bald ausgetauscht. Ich kann mich noch an meinen ersten Tag in der Bank erinnern: alle hatten sich um sie versammelt und staunten, wie schnell sie doch Kaffee machen konnte. Einer nach dem anderen füllte sich seine Tasse auf. Ich war quasi unsichtbar. Man hat mich eigentlich schon an meinem ersten Tag nicht so wirklich wahrgenommen. An meinem zweiten Tag durfte ich dann die Kaffeemaschine reinigen. Sie war am Tag davor so oft benutzt worden wie Kaffeemaschinen in normalen Haushalten in einem Monat nicht. Irgendwann haben die Kaffeemaschine und ich die Plätzte getauscht.

Die Kaffeemaschine muss bestimmt bald ausgetauscht werden. Sie rattert nur noch und der Kaffee schmeckt auch nicht mehr so wie beim ersten Mal.

Es ist schon spät, ich schaue nicht einmal mehr auf die Uhr. Ich bin es gewöhnt, auf und abzuschließen. Ich fahre mit dem Taxi nach Hause. Der Bus fährt so spät nicht mehr.

32. Dein Herz für meins

Ihr Herz wird für immer mir gehören. Muss es einfach. Sie ist so wunderschön. So betörend. Ihr Name zerfließt, zergeht zart auf der Zunge. Ihre Haut so warm, ihre Lippen so nah an meinen. Sie muss einfach mir und niemand anderem gehören. Sie liebt mich, ich sehe es in ihren großen unschuldigen Augen. Sie wird niemanden so anschauen wie mich. Niemals. Heute Abend ist es so weit. Ich werde sie für immer zu der Meinigen machen. Ihr Körper glänzt so unglaublich verführerisch im Nass der Bade-wanne. Schaum bedeckt ihre Vollkommenheit an genau den richtigen Stellen und ich kann es nicht sein lassen meine Finger über sie gleiten zu lassen, zuzupacken und sie zu mir zu ziehen. Als sich unsere Lippen berühren schmiegt sich ihr Körper an meinen und ihren Lippen entweicht ein süßes Stöhnen.

Meine Mutter hat mir damals erklärt, dass man das Herz einer Frau am besten mit Blumen erobert. Dafür pflückt man die schönsten. Ich habe damals nicht verstanden, warum man die schönsten Blumen tötet, doch mittlerweile habe ich ein Ver-ständnis dafür entwickelt. Frauen sind so ähnlich wie Blumen, verstehst du? Sie sind so unendlich schön anzuschauen. Doch wenn ihre Schönheit erst einmal vergangen ist, sind sie nutzlos. Klar wenn die Pflanze angepflanzt und gut umsorgt wird dann blüht sie immer wieder. Aber bei Frauen ist es ein bisschen an-ders. Der Mann ist quasi die Pflanze, die immer wieder für Nach-schub sorgt. Die Blume allerdings muss gepflückt werden so lange sie schön ist. Man muss ihr Herz erobern, bevor es zu spät ist. Bevor sie verwelkt. Weil, eine verwelkte Blume will eigentlich niemand mehr. Nicht nur eigentlich. Streichen wir das eigentlich. Denk es dir einfach weg. Bei mir geht das so schlecht an der

Schreibmaschine, ich habe weder die nötige Lust und schon gar nicht die nötige Zeit meinen kleinen Fehler auszubessern. Wie dem auch sei. Wo war ich noch einmal stehen geblieben? Ach ja, die Blume.

Ich habe meine letzten paar Jahre damit zugebracht, den alten Ratschlag meiner Mutter zu befolgen und hab die Herzen aller Frauen gewonnen, die mir über den Weg gelaufen sind. Ich bin vielen Menschen begegnet, die darüber den Kopf geschüttelt und mich belächelt haben. „Du nutzt sie doch nur aus!", hieß es häufig, „Frauen sind doch keine Objekte."

Das Problem, dass ich mit dieser Sache hatte und streng genommen immer noch hätte, hätte ich mein Problem nicht auf eine, naja, etwas unkonventionelle Art und Weise gelöst, ist, dass die meisten Frauen ja nun doch erobert werden möchten. Sie laufen auf die Straßen und schreien „Feminismus" und „Gleichberechtigung", aber wenn es drauf ankommt, ziehen sie ihren Schwanz – ach, Tschuldigung – ihre Muschi? ein und geben keinen Mucks mehr von sich. „Schatz, du bezahlst doch?", heißt es dann oder „Schatz, du hast doch einen Porsche und deine Rolex ist doch auch echt, ja?" Und „Schatz, du weißt, wir haben bald unser Einwöchiges, da holst du mir doch die Chanel-Handtasche, die ich schon so lange will, oder?" Und „SCHATZ, WER ZUR HÖLLE IST JULIA!?" Also, ums kurz zu machen (ich hatte genug Frauen, um diese Liste endlos lange weiterführen zu können), sie haben so ziemlich jedes Klischee erfüllt. Aber ich doch auch. Ich war der typisch prollige Prolet und keine Frau hat es länger als 2 Monate bei mir ausgehalten.

Also, fast keine. Mittlerweile aber eigentlich alle. Ich war unverschämt und darauf sind die erst so richtig abgefahren. Wenn man immer gleich mehrere auf einmal hat, kommt es einem selbst auch nicht so lang vor, wenn man die warten lässt, von daher habe ich mich selten gelangweilt. Und falls doch, habe ich mir halt neue Spielzeuge gesucht. Genug gibt es ja. Die Straßen sind voll mit aufmerksamkeitsbedürftigen, frisch 18-, 20- oder 25-jährigen Frauen, vor allem heutzutage.

„Mein Papa hat mir nie die nötige Aufmerksamkeit geschenkt. Ich brauche einfach nur einen starken Mann in meinem Leben, der sich um mich kümmern kann."

Die Sache hier ist: Ich könnte mich um jede einzelne von diesen Frauen, die eigentlich nur auf der Suche nach einem Papa-Ersatz sind, kümmern. Ich will es aber nicht so wirklich. Ich will sie aber alle erobern.

Und das ging auch eine Zeit lang ganz gut über die Bühne. Aber sie fanden immer wieder einen Spargeltarzan, der mich zwar nie so wirklich ersetzten konnte, aber den meisten hat es gereicht. Die meisten waren halt einfach genug gestrickt, dass ein Hans-Peter ihnen die Spießerfamilie geben konnte, die sie sich so wünschten und von mir nicht bekamen. Doch irgendwann merkte ich, wie sehr mich das eigentlich störte. Bis ich mich an den wohl zweitwichtigsten Rat meiner Mutter erinnerte. „Du musst ihre Herzen nicht nur erobern, du musst sie für immer behalten." Sie hat recht. Mein Spielzeug, meine Beute, gehört mir allein. Da hat niemand seine dreckigen Finger daran verloren. Der Körper war mir komischerweise egal. Das wichtige waren die Herzen. Ich fing also an, zu sammeln. Heute ist die Zahl beachtlich gestiegen, doch sie haben mich immer noch nicht gefunden. Auch wenn sie mir dich auf der Spur sind. Die Körper brauche ich nicht, deswegen behalte ich sie nicht. Das einzig wichtige ist das Herz. Die Herzen liegen alle dicht beieinander in der Tiefkühltruhe. Am liebsten sehe ich, wie das blutige Herz in meiner Hand noch weiterklopft. Ganz kurz nur, aber nur für mich. Es ist auch schön zu sehen, wie das einst warme Herz augenblicklich in der Tiefkühltruhe verhärtet. Unwiderruflich. Für immer meins.

Für immer kalt. Das letzte Mal warm für mich gewesen.

Sie zu zerbrechen war einfach nicht so schön, wie sie für immer zu behalten. Ich habe zwar auch das Scherbensammeln gemocht, aber so ist es viel befriedigender. Viel vollkommener. Zeit heilt Scherben. Und über Scherben behält man auch nicht so gut den Überblick. Diese Narben aber bleiben für immer.
Ich muss gehen. Sie sind mir immer dichter auf den Fersen.

33. Zahnpastalächeln

Licht flackert. Bunt. Alle haben ein Lächeln im Gesicht. Ihre Zähne die Kinder von teuren Zahnspangen und Blend-a-med. Alkohol. Überall. Auch in mir. Ich spüre, wie es durch meinen Körper fließt. Ich spüre, wie mein Körper pulsiert. Ich spüre mein eigenes Lächeln im Gesicht. Meine Freundin neben mir. Ihr Körper so nah an meinem. So warm an meinem. Ich beuge mich zu ihr runter. Flüstere ihr ins Ohr.

Sie lacht. Das Lachen, dass sie nur mit mir lacht. Vielleicht vor mir mit anderen. Aber gerade bei mir. Sie wirft ihre langen Haare zurück: Etwas daran hat mich schon immer fasziniert. Ich weiß nicht, warum ich langes Haar immer schon mit Schönheit verbunden habe.

Sie zeigt zu den zu den Toiletten, geht dann aber in die entgegengesetzte Richtung. Sie ist jünger als ich. Ihre Freunde auch. Als ich so jung war wie sie, hätte ich in meinem Alter nicht feiern dürfen. Zu alt.

Der Boden vibriert. Überall sind kunterbunte Schuhe. Meine Schuhe sind einfach nur dunkelbraun. Sie hat versucht mich zu überreden, die roten Sneaker im Laden wenigstens anzuprobieren. Sie hat es nicht geschafft.

Sie kommt mit einer Torte, die fast größer ist, als sie selbst. Dreiunddreißig Kerzen. Ich schaffe es nicht, sie alle auf einmal auszupusten. Früher, da war das kein Problem. Sie lacht. Sie freut sich. „Happy Birthday, mein Schatz", flüstert sie mir ins Ohr. Ich küsse sie. Wann bin ich zum Schatz geworden? Wann bin ich so alt geworden?

Überall sind Ballons. Sie quietschen. Trotz der Musik aus unzählig vielen Boxen um mich herum kann ich ihr Quietschen hören. Es hört sich fast ein bisschen so an wie damals, als mein Vater mit den Zähnen geknirscht hat.

Die Party ist vorbei. Das ist alles, woran ich mich erinnere. Ein kurzer Abschnitt nur. Nicht länger als zehn Minuten. Alles andere: weg.

Ich habe schreckliche Kopfschmerzen. Früher war auch das anders. Ich gehe mir die Zähne putzen.

Mein Vater hat mir das Zähneputzen angewöhnt. Ich habe es noch nie ausfallen lassen. Ich schaue auf die Uhr.

Ich höre in der Küche Frühstück in der Pfanne brutzeln. Ich rieche das Essen. Gleich ist es viertel nach neun. Ich frage mich ob sie weiß, warum ich nicht feiern wollte. Sie hat mich überrascht.

Fünf Jahre sind wir jetzt schon zusammen. Sie überrascht mich jeden Tag.

Viertel nach neun. Mein Blick bleibt am Spiegel kleben. Wie Popcorn zwischen Zähnen. Ich versuche, mich davon zu lösen. Es gelingt mir nicht. Ich sehe alles. Ich sehe ihn im Spiegel. Nein, ich sehe nur mich. Ein müder Abklatsch. Ich bin so schrecklich müde.

Ich habe jetzt schon mehr Falten als er. Er hatte lebendigere Augen. So unglaublich lebendige Augen. Sie waren immer so aufmerksam gewesen. Sie hatten sich für immer geschlossen, als er dreiunddreißig Jahre alt war.

34. Weihnachten im Sommer

Ihr Lachen erfüllt den Raum. Wie Tausend kleine Glocken. Zart und irgendwie weihnachtlich. Sie riecht immer nach Zimt und Strand, nach den schönsten Ferien. Eine komische Kombination. Ich hätte niemals gedacht, dass ich die Kombination so sehr mögen würde. Vor allem nicht, da ich weder den Sommer mag, noch Weihnachten. Vielleicht mag ich nur die Kombination der Beiden, Vielleicht mag ich nur sie.
Ihr Lachen ist hell und klar. Wie ein Windspiel. Wenn sie ein Windspiel wäre, dann wäre sie bestimmt ein rosafarbenes. Ein Rosafarbenes aus Zimt und mit Muscheln. Das würde gut zu ihr passen. Ich überlege mir, ob wir vielleicht eines zusammen machen sollten. Sie würde sich bestimmt sehr darüber freuen.

Wenn sie sich freute, lachte ihr ganzes Gesicht. Nicht nur ihr Mund, wie bei so vielen Erwachsenen. Ihre Nase kräuselte sich sanft und ihre großen Augen leuchteten.
Sie zog jeden Tag ein anderes rosafarbenes Kleid an. Ihr Kleiderschrank musste riesig sein. Bestimmt viel größer als meine Einzimmerwohnung im Herzen der Stadt. Ich frage mich oft, wo sie wohl lebt. Ich lebe nur in der Stadt, weil meine Wohnung direkt neben dem Kindergarten ist, in dem ich arbeite. Er ist viel zu klein für die vielen Kinder, die täglich ein- und ausgehen. Man hat es schon in Erwägung gezogen, ihn zu erweitern. Es wurde nie umgesetzt.

Stolz zeigt sie mir ihr Kunstwerk aus Nudeln und Pfeifenreinigern. Sie bastelte sehr gerne. Viel lieber als die anderen Kinder, die meistens nur träge mit irgendwelchen abgegriffenen Bauklötzen Türme bauten. Sie machte lieber etwas Neues.

Sie sieht auch ein bisschen so aus, als wäre sie das Kind von Weihnachten und Sommer. Ihre dunkelbraunen Haare ähneln denen von Schneewittchen. Auch die helle Haut passt ins Bild. Nur die hellblauen Augen zerstören die Illusion. Sie sind das Meer in ihr. Wenn sie weint, hört man das Salzwasser plätschern.

Ich gehe nach Hause. Ich mache dir Tür hinter mir zu und alles ist ruhig. Keine Kinder kreischen. Das Kindergelächter, dass den Kindergarten nie zu verlassen scheint, ist dortgeblieben. Mein eigenes Lachen auch. Ich mache mir etwas zu essen.

Immer häufiger kommt es vor, dass ich viel zu viel koche. Es ist so, als würde ich für eine nicht vorhandene Familie kochen. Nicht nur für mich, sondern für alle, die ich mir wünsche. Mama, Papa, Tochter, Sohn und auch noch genug, dass für den Hund etwas übriggeblieben wäre.

Manchmal wünschte ich, ich könnte die Zeit zurückdrehen. Ich habe so große Angst, wieder in alte Verhaltensmuster zu fallen.

Immer häufiger kommt es vor, dass ich einfach gar nichts mehr koche. Wenn ich ein Kind hätte, würde ich es bestimmt Mia nennen.

35. Liebe auch im letzten Blick

Dichter haben braune Augen. Das hat mir meine Mutter immer gesagt. Immer wenn ich sie gefragt habe, warum sie sich in Papa verliebt hatte sagte sie: Seine Augen haben Gedichte für mich geschrieben. Seine Augen haben Gedichte in mir geschrieben. Alles an einem Menschen verändert sich irgendwann. Wir zerfallen alle. Nur unsere Augen bleiben gleich.

Als ich älter wurde, habe ich mich zum ersten Mal in blaue Augen verliebt. Die Kälte in ihnen war so neu und die Tiefen noch unergründet. Doch das Eis, das sie bedeckte, hat mir den Sprung ins tiefe kalte Wasser nicht gewährt. Schnell war meine Seele überzogen von feinen Schneekristallen. So wunderschön. So besonders. So einzigartig. Der Schnee hat mich beiseitegedrängt. Hat immer mehr Platz für sich gewollt. Ich habe gelernt, dass man sich auch an Kälte verbrennen kann. Ich habe mich zum ersten Mal an blauen Augen verbrannt.

Lange haben meine Augen es dann den blauen Augen nachgetan. Ein Schutzmantel wachsen lassen. Bei mir war er aus Rinde. Der Geruch der alten Bäume in meiner Nase. Seine Augen waren genauso. Sie haben einen Platz für meine Augen gemacht und die Worte in mir, das Chaos in mir, alles hat seinen Platz gefunden. Es war Liebe auf den ersten Blick, würden jetzt die kitschigen Romantiker unter uns schwärmen. Unsere Wälder sind zusammengewachsen. Die Tiere aus den Wäldern haben sich angefreundet. Unsere Geister haben miteinander gespielt. Sie haben ihren Platz gefunden.

Ich schaue aus dem Fenster. Die Vögel zwitschern ihr Lied in den Blumen. Man sieht sie in den Ästen, wenn man genau hinschaut. Wenn man lange genug schaut. Wenn man geduldig genug ist. Wenn man genug Zeit mitgebracht hat.

Ich glaube, Mama hatte nicht ganz recht. Sie hatte aber auch nicht unrecht. Er hat auch braune Dichteraugen. Seine Augen schauen mich nicht nur an, sie sehen mich. Nur mich. Und ich sehe ihn. Seine Poetenseele. Einen alten, freien Geist. Aber da war Schmerz in seinen Augen. Der gleiche Schmerz, der auch in meinen Augen lebt. Eine Narbe, die sie beide durchzieht. Eine Narbe, die sie beide verbindet. In der Rinde die eingekerbten Namen verflossener Lieben.

Im stumpfen Licht des Krankenhauses sieht das Braun seiner Augen nicht mehr so lebendig aus wie draußen, wenn das Licht durch die Rinde scheint und die geheimen Lichtungen in seinem Wald erhellt. Eine Wiese voll blauer Blumen.

Sein Atem geht nur noch schwer. Wir reden nicht. Alles wurde schon gesagt. Seine Hand liegt leicht in meiner. Seine Worte klingen in meinen Ohren. Unsere Wörter tanzen miteinander. Die Stille ist ihre Musik. Nur das Surren und Brummen der Lampen stört sie. Nur das Piep, Piep, Piep von seinem Herz im Monitor zwischen uns unterbricht sie.

Seine braunen Augen schauen mich an. Der Schmerz in ihnen ist weg. Liebe hat seinen Platz wieder eingenommen. Meine Tränen haben die Lücke wie Zement geschlossen. Seine Tränen haben die Lücke ausgefüllt wie Schaumstoffkleber. Wir waren die Bauarbeiter unserer Seelen. Wir haben alles renoviert. Nicht weil wir kaputt waren, sondern weil wir abgenutzt waren. Die Aufkleber mit der Aufschrift „Vorsicht! Zerbrechlich!" waren schon vergilbt und zerfleddert. Wir haben wieder gelernt, zu lieben. Wir haben wieder gelernt, zu leben.

Sein letzter Atemzug. Es ist vielmehr ein langgezogener Seufzer. In ihm alle Wörter, die er nie mehr sagen können wird.

36. Mein erster Ausbruch

Eigentlich hätte ich schon längst zu Hause sein müssen. Ich weiß, dass ich es spätestens morgen früh bereuen werde, doch ich verdränge schnell den Gendanken an die Kopfschmerzen, die mich am nächsten Tag erwarten werden.
Stattdessen gehe ich im Moment auf, lasse meinen Körper von der lauten, formlosen Musik tragen; ich versuche es zumindest. Überall um mich herum kreischende und brüllende Menschen. Es ist warm und die Luftfeuchtigkeit könnte auch niedriger sein. Endlich finde ich sie. Sie streckt ihren Kopf in die Höhe, um über die Menschenmasse hinweg schauen zu können. Ihr Anblick erinnert mich an den der Erdmännchen, die wir heute im Zoo gesehen haben. Die Hände umklammern fest ihr Glas, als hätte sie Angst, es würde verschwinden, ließe sie es auch nur einen Moment unbeobachtet. Unwillkürlich fange ich an zu lächeln. Obwohl sie mich sucht, sieht sie keineswegs verloren aus. Hier ist sie daheim.
Sie schreit etwas über die Menge hinweg, als sich unsere Augen begegnen. Ein Lächeln erstreckt sich dabei über ihr ganzes Gesicht. Ich verstehe sie nicht, doch ich bin mir sicher, es ist nichts von größerer Bedeutung. Also nicke ich und halte meinen Daumen in die Luft. Sie tanzt unbekümmert weiter, lässt nun die eine Hand vom Glas gehen und in die Luft steigen.
Ich gehe zurück an den Tresen, wo ich mich weiter meinem Scotch widme. Eigentlich mag ich Clubs nicht. Es ist mir schon immer zu laut gewesen. Zu voll. Zu stickig. Zu eng. Doch sie liebte es. Man müsste blind sein, um es ihr nicht anzusehen.
Tagsüber ist sie anders als nachts und obwohl ich es schon dutzende Male selbst mitansehen durfte, überrascht mich ihre Verwandlung jedes Mal aufs Neue. Ich glaube nicht, dass es dem

Alkohol zuzuschreiben ist. Sie ist so frei, nachts. Ohne Sorgen. Sie lässt sich gehen.

Nur für den Moment.

Tagsüber ist das anders. Vor allem, seit sie alles alleine machen muss. Doch nachts wird sie zu einer komplett anderen Person.

Eigentlich wird sie einfach nur sie selbst, aber die meisten wissen das nicht. Wie denn auch? Sie kennen sie nicht lang genug. Ich schon. Ich habe damals die Person kennengelernt, die sie zum Beispiel jetzt gerade ist.

Ich fühle den Boden unter mir vibrieren und in mir macht sich das fast schon unabweisbare Bedürfnis breit, meinen Scotch auf dem Tresen stehen zu lassen und einfach zu gehen. Am besten mit ihr. Doch ich unterdrücke es. Ihr zuliebe. Warum eigentlich? Ich weiß es nicht.

Die Wahrheit ist, dass auch ich mich nachts ändere. Nur nicht auf dieselbe Art, wie sie es tut. Ich weiß es.

„Dasselbe nochmal bitte", sage ich höflich zum jungen Mann hinter dem Tresen als ich merke, dass nichts als klirrendes Eis in meinem Glas übrig ist. Er hört mich nicht. Es ist zu laut. Ich fange also an zu gestikulieren und obwohl er ganz sicher schon viel früher auf mich aufmerksam geworden ist, kommt er meiner Bitte nach einem frischen Glas erst nach, als er alle anderen Gäste schon längst bedient hat. Ich verspüre plötzlich die Art von trockener Wut, vor der mich mein Dad stets zu warnen pflegte. Ihm selbst wurde sie letzten Endes zum Verhängnis. Doch der Apfel fällt nicht weit vom Stamm, schätze ich. Je älter ich werde, desto weniger kann ich es leugnen. Es juckt mir in den Handflächen. Mal mehr. Mal weniger. Doch immer ein bisschen. Und jeden Tag ein bisschen mehr.

Mein ganzes Leben lang versuche ich dieser, wohl unausweichlichen Zukunft zu entfliehen. Hab alles getan, alles gegeben, nur, um nicht so zu werden wie er. Doch bringt nichts. Ich werde jeden Tag ein bisschen mehr er, es juckt jeden Tag ein bisschen mehr.

Eigentlich müsste ich das komplette Gegenteil meines Vaters sein. Den Statistiken und den Fakten zufolge bin ich es auch. Doch das sind nur Äußerlichkeiten, Schein, in gewisser Hinsicht sogar Banalitäten. Irgendwo tief in mir verschlossen lauert und wütet der Choleriker, den ich als Kind so fürchtete. Vielleicht war er dichter an der Oberfläche als ich befürchtete.

Ich kippe meinen Scotch in einem Zug runter, versuche meinen eigenen Gedanken zu entfliehen und genieße das Brennen in meiner Kehle. Doch in meinem Kopf gibt es nicht genug Platz zum Davonrennen. Ich halte mein Glas dem Jungen – er war tatsächlich noch ein Junge, kaum alt genug selbst zu trinken – entgegen und dieses Mal muss ich nicht warten. Aber ich kann nicht länger warten.

Ich stehe auf, gehe, spüre, wie ich die Kontrolle über mich selbst verliere. Wörter stolpern in meinem Kopf, als hätte jemand viel zu viele Bälle da reingepackt und kräftig geschüttelt. Ich sehe die Tür vor mir, doch egal, wie schnell ich ihr entgegenlaufe, sie scheint sich immer mehr zu entfernen und die Menschen um mich herum werden zu Umrissen, verlieren schließlich auch ihre Konturen und ich sehe nur noch diese zerkratzte braune Tür und die ekelhaft grüne Wand um sie herum.

Nach einer gefühlten Ewigkeit erreiche ich sie endlich und als ich sie aufreiße und mir die herrlich kalte Luft ins Gesicht peitscht, löst sich etwas in mir. Ich fange an zu schreien, merke es aber erst, als ich mich selber viel zu laut höre, doch eigentlich hör ich gar nichts mehr, außer dieses weiße Rauschen in meinen Ohren. Und eigentlich höre ich nicht einmal das. Ich sehe, wie meine Hand in die Höhe schnellt und dann schnell nach unten und das Glas splitternd zu Boden fällt. Unendlich viele, winzig kleine Regenbogen liegen nun vor mir auf dem Boden. Das Licht reflektiert in den Glasscheiben, irgendwo tief in mir weiß ich das bestimmt. Doch jetzt grad nicht. Ich sehe wie meine Hand bedrohlich schnell der Wand entgegenrast und ich höre es knacken, aber ich spüre nichts als die Taubheit, die meinen Körper zu lähmen scheint. Ich zittere am ganzen Körper und langsam fang ich an, klar zu sehen, doch es ist niemand da. Nur die Ratten, die bei den Müllcontainern lungern, huschen zurück in den Schatten, als sie mich sehen. Man sieht die Morgensonne schon in der Ferne über den Horizont kriechen. Ich gehe zurück.

Sie wartet auf mich. „Da bist du ja endlich! Ich dachte ich werde noch alt und grau, während ich auf dich warte." Sie lacht, legt ihren Kopf dabei in leicht in den Nacken. Wie immer. Und weil sie es ist die lacht, lache ich mit. „Ich war nur kurz draußen, frische Luft schnappen." „Jetzt bist du ja da."

Ich war mir bis eben nicht so sicher darüber, doch ich lege meinen Arm um sie und schiebe zwei Hundert Dollar Scheine unter ihr Glas auf den Tisch.

„Ja, jetzt bin ich da."

Wir gehen, und in mir poltert es ein bisschen weniger.

37. Zerschrumpelt

Wasser umspült sanft meinen Körper. Es plätschert jedes Mal, wenn die Seite zu Ende ist, ich die Nächste aufschlagen muss. Ich kann nicht aufhören zu lesen. Schon lange hat mich ein Buch nicht mehr so gefesselt. Unwillkürlich muss ich an etwas denken, dass ich heute Morgen in der Zeitung gelesen habe. Ich hätte nie gedacht, dass ich mal morgens Zeitung lesen würde. Das war immer etwas für alte Leute. Ich habe gelesen, dass es schon lange nichts Neues mehr gab. Der Artikel war eher am Ende des Blatts. Fast schon erschlagen unter den Schlagzeilen der anderen Artikel. Beinahe so, als würde sich der Artikel verstecken. Als wäre er ein wenig schüchtern. Noch nicht so ganz sicher, ob er da wirklich reingehört. Ich weiß nicht, warum ich mich so sehr wiedererkannt habe.

In dem Artikel ging es darum, dass es schon lange nichts Neues mehr gäbe. Schon in der Schule werde seit Langem nichts Neues mehr unterrichtet – Spiralkurrikulum, haben sie es in dem Artikel genannt. Im echten Leben hätte es halt einfach keinen Namen. Jeder versuche verzweifelt, etwas Neues zu finden. In der Theorie wäre auch ein lineares Wachstum unseres Wissens vorgesehen. Das Wachstum wäre sogar exponentiell. Aber leer. Auch in Büchern käme immer wieder dasselbe. Ein bisschen anders geschrieben. Es wäre so, als würden unendlich viele Leute von unendlich vielen anderen Leuten Hausaufgaben abschreiben. Jeder hat dann etwas anderes. Es ist trotzdem das Gleiche. Eine etwas andere Antwort auf dieselbe Frage.

Ich versuche mein Buch weiterzulesen. Ich bin schon fast am Ende. Bald zieht der Autor am Erzählfaden und alle Knoten die er gebunden hat lösen sich wieder. Ich werde mich wohl noch ein wenig gedulden müssen.

Mir war nicht aufgefallen, wie kalt das Wasser in der Zwischen-zeit schon geworden war. Als ich aus dem Wasser steige, ist mir kurz warm. Ich trockne mich ab. Meine Haut ist schon ganz schrumpelig. Früher habe ich öfter geduscht. Ich habe mir öfter die Zeit genommen. Was mache ich mit der ganzen Zeit?

Ich weiß es nicht. Der Sand rinnt einfach immer weiter durch meine Finger. Ich frage mich, wohin.

Früher, da sind die Falten immer komplett verschwunden. Schon als Kind habe ich meinen Spaß daran gefunden nach dem Ba-den im Spiegel zu schauen wie meine Haut wieder in ihren alten Zustand zurückgesprungen ist. Ich mochte es schon immer zu sehen, wie ich mich jeden Tag ein bisschen mehr verändere. Ich mochte es zu sehen, wie meine Haut immer wieder zurückge-sprungen ist. Egal wie ich aussah. Ich glaube, das hat sich erst verändert, als ich aufgehört habe mich zu verändern. Wann habe ich das letzte Mal etwas wirklich Neues gelernt? Wann habe ich das letzte Mal etwas wirklich Neues gesehen?

Habe ich jemals etwas Neues gesehen?

Alles wurde schon zehntausendmal von anderen gesehen, ge-spürt, gefühlt.

Ich glaube, es gibt nichts, was mich auf die gleiche Art gefesselt hat, wie das Zerschrumpeln und Entschrumpeln.

In gewisser Weise finde ich, dass wir allgemein immer mehr ver-schrumpeln. Zuerst entschrumpeln wir, und wenn wir fertig damit sind, fangen wir an zu verschrumpeln. Wir merken es erst rück-blickend, wenn es schon zu spät ist. So spät, dass nicht einmal der Tod uns noch von unserem Leid befreien kann. Langsam und schleichend. Zelle Für Zelle.

Generation für Generation.

38. Am Boden

Das Gras unter ihren Füßen hat die Sohlen und die Seiten ihrer Schuhe schon ganz grün gefärbt. Chucks. Sie mag bunte Farben. Ich weiß das, weil sie mir das oft genug erzählt hat und ich ihr oft genug dabei zugehört habe. Ihre Schuhe sind auch Grün. Allerdings nicht vom gleichen Grün wie das Gras. Viel mehr ein grelles, leuchtendes Neongrün. So wie man es auf Warnschildern findet. Achtung chemisch. Achtung giftig.
An ihr sieht das ungewohnt leuchtende Grün natürlich aus. Selbst dieses grauenvolle grün hat seinen Platz bei ihr. So wie alles andere auch. Was keinen Platz hat, bekommt schnell einen. So war das immer schon bei ihr. So war das auch bei mir mit ihr.
Das Gras ist viel schmutziger als ihre Schuhe. Stumm frage ich mich, ob sie uns den Weg nach draußen zeigen könnten, wenn wir uns verlaufen. Wir verlaufen uns natürlich nicht. Sie ist selbstsicher; zurecht. Sie findet den Weg. Immer.
Sie hat immer schon eine Vorliebe für bunte Klamotten gehabt. Sie ist einfach innen wie außen. Bunt. Glückliches Gelb auf ihrem T-Shirt.
Wir laufen um die Wette. Das lange Gras reicht ihr fast schon bis zu den Knien. Sie dreht sich zu mir um. Lacht. Sie rennt der Sonne hinterher. Ich laufe ihr hinterher. Ihr T-Shirt ist kurz. Wir haben unsere Hosen schon ausgezogen. Es ist viel zu warm heute. Wir sind sowieso alleine hier. Niemand außer uns beiden ist hier. Das ist unser Zufluchtsort. Zuflucht von der Welt, wie wir sie kennen. Laut und schnell. Sie ist trotzdem viel langsamer als wir. Sie ist schneller als das Licht.
Sie ist viel zu schnell. Ich komme nicht mehr hinterher, verliere sie fast schon, werde panisch. Sie bleibt stehen. Es ist, als wür-

de sie immer fühlen, was andere fühlen. Als hätte sie die versteckte Gabe, das Unwohlsein anderer zu fühlen, noch bevor sie so weit sind, es selber wirklich realisieren zu können. Manchmal kommt es mir so vor, als kenne sie mich besser als ich mich selbst kenne. Manchmal macht mir das auch Angst. Den Großteil der Zeit bin ich einfach nur beeindruckt. Sie weiß so viel. So viel, dass ich es niemals nachholen werden kann. Ich möchte es auch nicht. Es ist schön, manchmal im Dunkeln zu tappen und von anderen herausgeführt zu werden.

Wir legen uns wieder hin. Sie ist ein wenig außer Atem. Ich schnaufe und schnappe verzweifelt nach Luft. Sie lacht. Du siehst ein bisschen so aus wie ein an Land gespülter Fisch. Sie hat auch die Gabe, alles so leicht zu sagen. Ihre Worte schweben über dem Boden. Sie rollen ihr so leicht von der Zunge. Sie hält sie nicht fest so wie ich. Sie bindet sie nicht fest so wie ich. Sie hat keinen Knoten in der Zunge so wie ich. Trotzdem hat jedes noch so willkürlich gewählte Wort seinen für ihn bestimmten Platz. Ihr gleiten die Worte anmutig von der Zunge. Zielsicher. Niemand versteht sie falsch. Die Worte laufen immer in den richtigen Hals.

Ich genieße die Wärme der Sonne auf meiner Haut, genieße ihre Nähe. Ich schließe meine Augen während sie anfängt, mich mit ruhiger Stimme durch einer ihrer Märchenwelten zu führen.

Ich öffne meine Augen wieder. Auf dem Boden. Im Flur. Zuhause. Ihr Geruch liegt in der Luft; ihre Schuhe da vor mir. Noch dreckig vom Gras. Ich spüre ihre Fingerspitzen auf meiner Haut brennen. Ihre langen Nägel auf meiner Kopfhaut. Ich habe mal irgendwo gelesen, dass es sieben Jahre dauert, bis sich die Haut komplett erneuert. Bis nichts mehr vom alten Leben da ist. Ich habe noch Zeit, sie zu vergessen. Oder mich zumindest an ein Leben ohne sie zu gewöhnen. Meine Haut hat noch Zeit, ihre Fingerspitzen gehen zu lassen. Meine Haare haben noch Zeit, ihren Duft freizulassen. Ich weiß noch, ich hatte meine Haare drei Wochen lang nicht gewaschen. Sie waren das letzte, was sie berührt hat. Ich musste zur Arbeit.

Ich musste zur Arbeit. Das Kleid war zu kurz. Ich habe mich den ganzen Tag nackt gefühlt. Bloßgestellt. Allein. Ihre Finger nicht mehr auf meinen Haaren.

Sieben Jahre wird es noch dauern, bis sie meine Haut, bis mein Körper sie vergessen haben wird. Um mich zu verlassen, hat sie nicht einmal sieben Sekunden gebraucht.

Sieben Monate sind seitdem vergangen. Also ist alles noch wie früher. Also ist alles noch gut.

39. Halbes Hühnchen

Fünfundzwanzig Jahre. Ein halbes Leben also. Ich habe es geschafft. Ein halbes Leben hat es gedauert, aber ich habe es geschafft. Nicht viele schaffen, was ich geschafft habe. Ich schaue mein Gesicht im Spiegel an. Sanfte Kurven. Meine Haare umschmeicheln mein Gesicht. Innerlich hat mich schon immer nichts von anderen unterschieden. Äußerlich sehe ich mittlerweile den meisten Anderen zum Verwechseln ähnlich. Ich habe es geschafft, meinen Traum zu erfüllen.

Ich verdiene viel. Auch wenn ich als Mann mehr verdient hätte. Ich verdiene mehr als genug. Nicht als Stripperin, wie viele denken. Das ist leider immer noch der erste Gedanke, der den meisten Menschen kommt, wenn sie das Wort transsexuell hören. Ich bin eigentlich ziemlich gewöhnlich. Ich arbeite als Buchhalterin in einer eher kleinen Firma. Ich mochte den Stress in großen Firmen nicht. Ich mochte Stress allgemein nicht.

Irgendwann habe ich mich dazu entschieden von der Stadt wieder in ein Dorf zu ziehen. Ich weiß nicht so recht, warum mich das abgeschiedene Leben so angezogen hat.

Ich wollte einfach nur neu anfangen glaube ich.

Niemand weiß so wirklich wer ich bin, woher ich komme. Warum ich überhaupt gekommen bin.

Heute habe ich Geburtstag. Es hat sich niemand daran erinnert. Mama hatte es nie vergessen. Es gab dann immer ein ganzes halbes Hühnchen zu essen. Ein halbes Hühnchen, weil das Geld nie für ein ganzes gereicht hat.

Ich sitze in der Mittagspause alleine im Park. Nur ein halbes Hühnchen ist auf meinem Schoß. Ein halbes Hühnchen, weil ein ganzes Hühnchen ein halbes Hühnchen zu viel gewesen wäre.

Die Mittagspause ist schneller um, als ich für das Hühnchen gebraucht hätte. Ich stopfe mir auf dem Weg zur Arbeit die letzten Stücke in den Mund und atme erleichtert auf, als ich merke, dass ich nicht schon wieder zu spät bin. Ich gehe mir noch schnell die Hände waschen, als mein Blick wieder in den Spiegel fällt. Müde Augen glotzen mich an.

Jetzt schwimmt ein halbes Hühnchen im Klo und ich kann mich nicht vom grotesken Anblick der auf der Wasseroberfläche schwimmenden Hühnchenstücke losreißen.

Selbst, nachdem es an der Tür klopft, nicht. Einmal. Immer mehr Hühnchenstücke sinken blubbernd auf den Grund. Zweimal. Immer mehr Hühnchenstücke geben auf. Dreimal. Ich bin festgewachsen.

40. Kaugummiblasen

Ich schaue mich im Spiegel an. Ein Anblick, an den ich mich eine lange Zeit gewöhnen musste.

Mama wäre bestimmt stolz auf mich, doch Mama hat mich das letzte Mal vor dreiundzwanzig Jahren gesehen. Damals war ich dabei, den Existenzkampf zu verlieren.

Heute habe ich schon lange gewonnen.

Ich schaue mich im Spiegel an und rücke meine Krawatte zurecht. Sie schmeichelt meinem Hautton.

Das hat zumindest Michelle gesagt. Wer kann es besser wissen als sie? Sie ist jung und quirlig. Ein bisschen zu groß und ein bisschen zu dünn vielleicht. Auch ein bisschen zu laut. Sie sprudelt förmlich über vor neuen Ideen. Vielleicht ist das auch der Grund dafür, warum sie nie ruhig ist. Ich mag das. Es ist mir eine willkommene Abwechslung zu meinem sonst eher wenig abwechslungsreichen Alltag.

Man sieht ihr an, dass sie nie leiden musste. Sie hat nie um ihr Überleben kämpfen müssen.

Ich mache mich auf dem Weg zur Arbeit. Im Auto ist es still. Der Großstadtlärm bleibt draußen. Ein bisschen zu ruhig vielleicht. Früher, im Bus, war es nie ruhig genug. Es war immer zu voll. Ich sitze alleine im Auto. Hier wäre noch genug Platz für mindestens vier andere Leute. Eigentlich sogar mehr. Es war nie ruhig genug zum Schlafen. Hier ist es zu kalt zum Schlafen. Der Lederne Sitz berührt meine Schulter wie eine fremde Hand. Es war nie ruhig genug zum Arbeiten. Ich muss nicht mehr arbeiten. Nicht so wie früher – da hat jede Sekunde gezählt. Es war nie ruhig genug zum Nichtstun. Aber es war auch nie laut genug.

Die Stille hat nicht genug Platz und breitet sich immer weiter um mich herum aus und drängt mich immer weiter in die Ecke.

Fast schon fühle ich mich wie ein auf der Jagd in die Ecke getriebenes Tier. Ein Hase. Paralysiert. Kaum mehr Platz zum Atmen. Vielleicht bleibt das Herz stehen, bevor die Kugel es durchbohrt. Vielleicht schlägt das Herz einfach schnell genug, so dass es sich aus seinem Brustkorbkäfig befreit. In die ewige Freiheit davonsprintet.

Die Tür öffnet sich und reißt mich aus meinen Gedanken. Zwingt mich wieder in die Realität. Ich spüre einen einzelnen eiskalten Schweißtropfen an meinem Nacken herunterrinnen.

„Überraschung" vierundzwanzig erwartungsvolle Gesichter starren mich an. Ganz vorne: Michelle. Es dauert eine Sekunde, bis die bunten Zahlen um mich herum Sinn ergeben. Ganz oft und überall. Ich zwinge mir ein Lächeln auf mein Gesicht. Mit vierzig Jahren hat das Herz meiner Mutter aufgehört zu schlagen. Sie war blau und grün und blutgetränkt. Sie hat sich immer gewünscht, dass wir nicht schwarz auf die Welt gekommen wären. Auf eine ironische Weise hat Gott ihre Gebete letzten Endes wohl doch erhört. Sie hat die Welt in ihrer braunen Haut verlassen. So wie sie es immer wollte.

Der Tag zieht sich in die Länge. Wie Kaugummi. Früher habe ich so gerne Kaugummi zwischen meinen Fingern immer größer werden lassen. Damals gab es nur zu meinem Geburtstag Kaugummi.

Früher habe ich gedacht, dass alle Erwachsenen in Kaugummi getreten sein müssten. Egal wie sehr sie es versuchten, sie kleben am Boden fest und schaffen es kaum, sich auch nur einen Millimeter nach vorne zu bewegen. Sie leben einfach weiter in ihrer beschränkten Welt.

Michelle wiederholt ihre Frage. Ich höre sie immer noch nicht. Meine Augen finden ihre suchenden Augen und ich nicke nur stumm.

Wann ist die letzte Kaugummiblase geplatzt?

41. Luftschlösser zu verschenken

Komm, nimm meine Hand.
Lass uns davonrennen.
Ich habe Schlösser,
genug, um eine ganze Stadt darin unterzubringen;
genug, um sogar die ganze Welt zu beherbergen.
Hier ist genug Platz für dich.
Komm leg dich zu mir,
verschließ deine Augen,
fest, um jeden Funken der Realität auszuschließen,
und genieß den Anblick
der Sterne
in dir.

42. Kein auf Wiedersehen

Ein Zettel liegt auf dem frisch bezogenen Bett. Sie runzelt verwundert die Stirn. Sie ruft: Jo, wo bist du? Sie bekommt keine Antwort. Sie schaut sich den Zettel an. Es ist ein Brief. Ganz oben in geschwungener Handschrift: Mama. Es ist nicht ihre Stimme in ihrem Kopf, die den Brief liest.

Mama,
Ich bin mir nicht so wirklich sicher, was es war. Ob es überhaupt etwas war. Ich bin mir nicht mal sicher, ob ich mir sicher bin. Nee, das schon. Ich bin mir ziemlich sicher, dass ich mir sicher bin. Erst vierzehn und schon so von sich selbst überzeugt, wirst du dir sicher denken, wenn du das hier liest. Das ist mir ziemlich egal, um ehrlich zu sein. Und ich bin ehrlich. Ziemlich ehrlich sogar. Ich habe es ja auch am besten von dir gelernt. Papa war nie so, wie ich sein wollte. Du, Mama, aber auch nicht.
Du wirst dir jetzt sicher denken, dass du mich nicht so erzogen hast. Du wirst mich sicher verfluchen. Mich fragen, wo der Respekt geblieben ist. Du wirst brüllen. Du wirst außer dir sein vor Wut. Noch nie wirst du so viel Undankbarkeit und Respektlosigkeit gesehen haben.
Du wirst unrecht haben.
Mama. Ich bin dir dankbar. Sehr sogar. Papa bin ich auch dankbar. Das ist nicht einfach so daher gesagt. Nichts was ich schreibe, ist einfach so daher geschrieben. Ich bin euch dankbar dafür, dass ihr mir gezeigt habt, wie ich nicht werden möchte. Ich bin euch dankbar dafür, dass ihr mir gezeigt habt, wie ich mein Leben nicht leben möchte. Ihr habt mir gezeigt, dass man von jedem Menschen etwas lernen kann. Ihr habt recht gehabt. Ihr wolltet immer recht haben. Ihr habt recht behalten.

Unsere Definitionen sind nicht gleich. Ich habe euch respektiert. Ihr habt mich nie respektiert. Euren Respekt musste man sich verdienen. Meiner war selbstverständlich. Ich sehe es aber nicht als selbstverständlich an, einem anderen Menschen unterwürfig zu sein. Es ist nicht selbstverständlich, einem anderen Menschen zu gehören.

Respekt sollte man sich eigentlich nie verdienen müssen. Bei euch konnte man ihn sich aber noch nicht einmal verdienen. Egal, was ich getan habe, es war nie genug. Ihr wolltet immer mehr. Ich konnte euch nicht mehr geben. Ich hatte nicht mehr.

Ich muss dir aber noch etwas sagen, bevor ich gehe. Es ist nicht wichtig, wie du darauf reagieren wirst. Es ist nicht wichtig, wie es dir gehen wird. Ich gehe. Ich will ein letztes Mal ehrlich sein. Ich will ein erstes Mal mit euch ehrlich sein können. Ich habe nichts zu verlieren. Ich hatte nie etwas zu verlieren. Das ist mir jetzt klargeworden.

Ihr hättet mich nie so akzeptiert, wie ich bin. Ihr habt mich ja noch nicht einmal so akzeptiert, wie ihr dachtet, wie ich bin. Ich bin transsexuell. Ich möchte es euch auch nicht weiter erklären. Ihr verdient keine Erklärung.

Es tut mir leid, aber hier kommt nicht das wehmütige „Ich liebe dich", dass du sicher erwartet hast. Ich liebe dich nicht. Aber ich hasse dich auch nicht. Um ehrlich zu sein, Mama, bist du mir egal.

Jo

Es ist ihre Stimme, die schreit.

43. Wer leidet, kann nicht schön sein

Bald sind sie überall. Ich weiß, ich werde sie niemals aufhalten können, niemals vollständig verdrängen können, doch ich bin noch nicht bereit, aufzugeben. Ich glaube, ich werde es auch niemals sein. Dafür ist es mir zu wichtig. Warum es mir so wichtig ist, fragst du dich? Das ist eine sehr berechtigte Frage. Weil ich sonst nichts habe. Ich werde alles geben. Jeder Tag ist so schrecklich kostbar. Das weiß ich jetzt. Und ich bereue es zutiefst, es nicht früher schon gewusst zu haben. Ich habe die Tage verschwendet. Alle. Fast. Und jetzt ist es beinahe schon zu spät. Es ist schon zu spät. Sie kommen immer näher und ich weiß noch, wie mich alle angeschaut haben. Sie konnten den Blick nicht von mir abwenden. Wer mich einmal anschaute, schaute immer gleich ein zweites Mal hin. Doch jetzt ist das nicht mehr so. Und wenn doch, nicht mehr so wie früher. Seit der Scheidung ist nichts mehr wie früher. Er auch nicht. Eigentlich gingen wir beide schon viel früher kaputt. Aber davor, ich weiß es noch so gut, war alles so perfekt. Doch irgendwann holt das Leben einen wohl doch ein und jetzt sind sie überall. Die Lachfalten hat er mir geschenkt. Alle anderen habe ich bekommen, ohne jemals danach gefragt zu haben.
Vielleicht sollte ich es einfach so machen wie es Tess damals. Einfach gehen. Vielleicht aber nicht. Wahrscheinlich ist es noch nicht einmal so einfach gewesen, wie es ausgesehen hat. Ich hätte meinen Mann niemals verlassen können und mein Kind allemal nicht. Jetzt könnte ich es ja noch nicht einmal. Ich habe schließlich niemanden mehr zum verlassen, bin ja selbst verlassen worden.
Wann genau? Früh. Wir waren noch so jung, als wir sie verloren haben. Wir hatten beide nicht damit gerechnet. Nicht einmal die

Ärzte hatten das.

Vielleicht stimmt es ja doch, dass man so aussieht wie man sich fühlt. Dann müsste ich doch viel schlimmer aussehen als jetzt, oder nicht?

Ich habe nie daran geglaubt, dass jemand anderes einem helfen kann. Ich habe diesem Psychogelaber nie Beachtung geschenkt. Ärzten im Allgemeinen kaum noch.

Ich habe trotzdem mal diese Notfallhotline angerufen, die nachts immer im Fernsehen gezeigt wird. Es hat nichts gebracht. Ich weiß jetzt sogar noch weniger als davor und wenn mich meine Schönheit nun auch noch verlassen hat, habe ich wirklich nichts mehr.

Ich lehne mich im Stuhl zurück. Der Spiegel entfernt sich. Die Falten bleiben.

Die Visitenkarte vom Arzt liegt auf dem Schminktisch vor mir. Schon nach dem ersten Klingeln geht eine vertrauenserweckende, warme Stimme ans Telefon.

Sie fragt mich, wie sie mir helfen kann. Eine ganz normale, vor allem berechtigte Frage, wenn man bedenkt, wo ich da angerufen habe. Ich glaube, gar nicht mehr. Sie lacht. Sie fängt an, mir ihre Angebote vorzulesen. Sie erzählt mir von der Verschönerung, die mich erwartet. Von der Verschönerung, auf die ich schon sehnsüchtig am Warten bin.

Aber was soll ich mit einem schönen Gesicht, wenn mein Inneres so schwarz ist. Verkohlt. Sie sagt etwas, dass ich schon zu oft gehört habe: Wer schön sein will, muss leiden. Ich verkneife mir die Antwort, die mir auf der Zunge liegt. Sie legt auf.

44. Fragen auf die Antworten

„Herr Gröhl, wir wären bei meiner letzten Frage angekommen."

Endlich. Ich kann diese quirlige, lebendige Stimme nicht mehr
hören.

„Warum haben Sie Ihre Profession als Chirurg aufgegeben? Sie waren doch erfolgreich. Haben Sie damit gerechnet,
dass Sie als Pathologe noch erfolgreicher werden?"

„Das sind zwei Fragen."

„Ja."

„Und? Was wollen Sie jetzt wissen?"

„Das Warum."

„Das Warum?"

Es macht mir Spaß, sie aus dem Konzept zu bringen. Sie ist
noch jung. Unerfahren. Perfekte Beute. Sie stottert, hat sich aber
gut geschlagen. Die meisten anderen wären vorher schon weich
geworden. Hätten schon vorher nachgegeben. Sehen vorher
schon die Sinnlosigkeit darin, mir diese Frage zu stellen. Vielen
Dank für dieses aufschlussreiche Interview, Herr Gröhl. Vielen
Dank für Ihre Antworten, Herr Gröhl. Vielen Dank. Herr Gröhl. Es
war mir eine unsagbare Freude. Herr Gröhl. Danke.

„Weil es mich interessiert."

„Warum interessiert Sie das?"

Sie wird keine Antwort parat haben. Ich bin mir sicher. Todsi-
cher. Aber war ich das nicht damals auch? Ich verdränge schnell
den Gedanken. Damals war es anders. Heute gibt es nichts zu
verlieren. Vielleicht ihr falsches Selbstbewusstsein.

„Weil ich glaube, dass hinter Ihrer Fassade mehr steckt
als sie zugeben möchten."

„Ach ja?"

Ich lehne mich in meinem Sessel zurück. Die Füße auf dem massiven Schreibtisch. Die Schnitzereien wurden per Hand angefertigt. Exklusiv. Herr Gröhl. Wir möchten Ihnen ein besonderes Geschenk machen, hieß es. Es war besonders. Statt sinnloser Blumen und bedeutungslosem Geschnörkel sah man Organe, die in einem Fluss aus Blut zu schwimmen schienen. Ich war beindruckt, hatte nicht damit gerechnet. Es ist immer schwerer geworden mich zu überraschen.

„Ja."

Die Tischbeine? Die sind besonders schön. Jeder Knochen des Körpers wurde rekonstruiert und hält das Gestell aufrecht. Ich habe es persönlich überprüft. Mein Blick schweift zum Fenster, wo er an den vielen Wolkenkratzern hängen bleibt. Wie Pilze im Wald sprossen sie auf einmal aus dem Boden. Ich weiß noch wie es war, als ich hier angefangen hatte, da war das noch anders. Da konnte man viel weiter blicken. Aber da hatte ich nicht einmal ein eigenes Zimmer. Ich habe im wahrsten Sinne des Wortes unten angefangen. Kellergeschoss, dann Erdgeschoss und dann ging es immer weiter nach oben. Heute sitze ich höher als alle anderen.

„Hören Sie mir noch zu?"

„Nein."

„Entschuldigung?"

„Angenommen."

Sie kocht innerlich vor Wut, man kann es an ihren Augen sehen. Sie blitzen und funkeln. Dunkel. Groß. Bestimmt.

„Sie haben dem Interview zugesagt."

„Sie haben Ihre Antworten bekommen."

„Die wichtigste nicht."

„Warum haben Sie dann nicht mit der wichtigsten Frage angefangen?"

Sie atmet scharf ein. Ich habe sie getroffen.

„Sie lassen sich aber ganz schön lange Zeit mit Ihrer Antwort", höhne ich.

„Ich habe eine Theorie"

Das ist neu. Ihre Stimme ist unsicherer als am Anfang des Gesprächs. Das hier bricht mit ihrer Routine. Ich sage nichts und schaue sie einfach nur an. Beobachte sie. Zum ersten Mal, seit unser Gespräch begonnen hat, schaue ich sie mir genauer an. Sie merkt es, doch sie will sich nicht aus dem Konzept bringen lassen. Sie hat zwar ihr kleines rotes Notizbuch nicht beiseitegelegt, aber sie hat aufgehört, sich hektisch Notizen zu machen. Scheint nicht mehr darum bemüht, jedes Wort festzuhalten. Stattdessen hat sie den Stift an ihre Lippe gelegt. Sie hat nicht diese lästige Angewohnheit, nervös darauf herumzukauen. Sie lässt ihn nur da ruhen. Das Einzige, was sie verrät, sind ihre dunklen Augen. Sie sind umrandet von einem ungewöhnlich hellem grün. Sie sind mir eigenartig vertraut. Sie scheint auf ein Startsignal zu warten. Sie kann lange warten.

„Tragen Sie Kontaktlinsen?"

„Wie bitte?"

„Tragen Sie Kontaktlinsen?"

„Nein. Warum?"

„Ich habe eine Theorie."

„Ach ja?"

„Ja. Ich glaube, Sie geben sich nur unnahbar.Und ich glaube, Sie überschätzen Ihre Kompetenzen auf die gleiche Art, mit der Sie Ihre und meine Grenzen unterschätzen."

„Warum sind Sie so?"

„Wie?"

„Kalt."

„Wie sollte ich denn sein?"

Sie reckt ihr Kinn etwas höher, als es ohnehin schon ist. Trotziger Blick. Ihr Gesicht kommt mir so bekannt vor. Ich kann es noch nicht zuordnen. Dieser entschlossene Gesichtsausdruck. ›Nichts kann mich aufhalten!‹, steht da ganz klar geschrieben. ›Auch du nicht. Absolut gar nichts.‹ Aber sie hat die Rechnung ohne mich gemacht, ich mach das schon länger als sie.

„Sind Sie glücklich in Ihrem Beruf?"

Sie rückt näher an mich heran und wartet nicht länger auf eine Antwort von mir.

„Ich glaube nicht. Ich glaube, Sie sind schrecklich unglücklich. Ich glaube, dass Sie wissen, dass Sie Ihre Berufung verfehlt haben. Sie haben so viele Leben gerettet. Es hat Sie mit Freude erfüllt. Ich glaube, dass Sie sich gut unter Kontrolle haben. Aber Ihre Augen, Ihre Augen zeigen mir mehr, als Sie sich selbst zeigen."

Ich sage immer noch nichts.

„Thomas. Thomas Ebenhöh. So hieß er doch, erinnern Sie sich noch? Sie haben kein gutes Verhältnis zu Ihrem Vater gehabt. Vielleicht auch nicht zu Ihrem Bruder. Er war Ihnen zu autoritär. Sie wollten den Spieß umdrehen. Sie haben ihn umgebracht."

„Wurden Sie geschlagen?"

Bingo. Ihre Augen. Wie Wasserfälle, unaufhaltsam am Plätschern.

„Sie haben deswegen die Chirurgie aufgegeben. An der Pathologie hängt weniger. So können Sie niemanden mehr aus Versehen umbringen. Ihre Patienten wurden schon vorher umgebracht, von den Ärzten, die es nicht schafften, sie zu retten."

Ihr Gesicht ist nur noch wenige Zentimeter von meinem entfernt. Ihre Stimme nur mehr ein Zischen.

„Bist du stolz auf dich? Du hast mir versprochen es wird dein erstes und letztes Mal gewesen sein, dass du ein Leben verlierst."

Ania. Es fällt mir wie Schuppen von den Augen. Ania. Ich weiß noch, wie sie jeden Tag und jede Nacht neben ihm war. Er war so grässlich dünn geworden im Krankenhaus.

Ania. Sie hat sich so verändert. Ich weiß noch, wie sie sich über den kleinen Jungen lehnte, ihm jeden Abend eine Geschichte vorlas. Ihm jeden Abend sanft einen Gute-Nacht-Kuss auf die Stirn drückte. Immer ist sie auf dem hellbraunen Sofa neben seinem Bett eingeschlafen. Und jeden Tag wurde Thomas schwächer, die Tage kürzer und die Nächte länger. Und jede Nacht deckte ich sie zu.

„Du hast dich verändert", sage ich und strecke meine Hand aus, um ihr kurzes braunes Haar zu berühren. Früher war es blond gewesen. Es hatte ihr fast bis zu den Hüften gereicht, heute nur noch bis zu den zierlichen Schultern.

„Du hast versprochen, dass du nicht mehr an deiner Intuition zweifeln wirst. Hättest du auf dich gehört, wäre er nicht gestorben. Du hattest die Lösung doch schon, hättest dich nur trauen müssen. Warum hast du dich nicht getraut?
„Ich ..."
„Nein, ich kann es dir sagen. Du hast kein gutes Verhältnis zu deinem Vater gehabt, oder? Du konntest nie über irgendwas entscheiden, dir fehlt auch heute einfach das Selbstbewusstsein dazu. Du hast versucht eine Autoritätsperson zu werden. Eine, die das letzte Urteil über alles fällt. Und wer kann das besser als der Sensenmann?"
„Nein."
„Wirklich nicht? Gefällt sie dir also nicht, die perverse Macht, die du gerade hast? Die Fehler anderer finden. Korrigieren. Andere niedermachen. So wie es jahrelang mit dir gemacht wurde?"
„Leiden und Erdulden. So heißt es –", setze ich zu meiner Ver-

teidigung an, doch sie unterbricht mich erneut.

„Mich interessieren die ganzen tollen Wörter, die du kannst, immer noch nicht. Sie sind genauso leer wie damals. Genauso bedeutungslos wie das, was du heute machst. Du leidest schon lange nicht mehr. Du hast dich für den leichteren Weg entschieden. Merkst du denn nicht, wie erbärmlich, wie armselig du geworden bist?"

Mein Kopf ist wie leergefegt. Als hätte sie ihm alle Wörter entnommen.

„Spielst du gerne den allmächtigen Gott? Doktor Gröhl hat einen Mordfall geklärt. Und dann einen zweiten und einen dritten, weil's doch so schön ist! Aber bist du glücklich?"
Ich spüre, wie mein Puls anfängt zu rasen. Ich weiß, ich werde mich nicht beherrschen können.
„Verschwinde."
Doch sie zeigt sich unbeeindruckt.

„Nein, ich hab's mir lang genug angesehen. Es reicht. Du musst endlich aufhören. Erinnerst du dich denn gar nicht mehr?"
Ihr Temperament nervt mich. So sehr, dass es mein Blut immer mehr zum Kochen bringt. Ich will nicht mehr fühlen.

„Du wolltest Leben retten. Deswegen hast du doch Medizin studiert? Deswegen bist du doch Arzt geworden?" Sie speit mir die Worte förmlich entgegen. „Nicht, um tote Menschen aufzuschneiden und schon gar nicht, um dich an den Fehlern anderer zu ergötzen."
Sie holt Luft und spuckt mich nun tatsächlich an. Ich verliere die Kontrolle. Ich erhebe mich mit so einer Wucht, dass der Schreibtisch samt Messingfiguren umstürzt. Jetzt schreit sie. Ein spitzer Schrei. Süß.
Ich stelle mir manchmal die Todesschreie der Leichen vor. Ein-

fach so. Viel häufiger aber stelle ich mir die Täter vor. Eine eifersüchtige Ehefrau. Ein Sohn. Ein Geliebter. Alle bringen sie ihre Liebsten ins Krankenhaus, aber nicht mit der Hoffnung auf Genesung, sondern mit dem Wunsch nach einem Alibi. Doch sie sollen es nicht bekommen. Zumindest nicht von mir.

Sie ist von ihrem Stuhl aufgestanden. Das rote Notizbuch liegt jetzt auf dem Boden, daneben ein Foto. Es muss herausgefallen sein. Zerknittert, Abgegriffen. Alt und verblichen. Ihr Gesicht ist auch bleich. Ein wenig wie das der Toten.

Sie kommt auf mich zu. Die eine Hand ausgestreckt. Behutsam. So, als würde sie sich einem scheuen Tier nähern. Sie hat recht. Ich bin ein Feigling. Ein ziemlich großer sogar. Ich habe nicht einmal ein Jahr nach Tommys Tod meine Tätigkeit als Chirurg auf Eis gelegt. Aber vielleicht war das nicht schlecht. Mir fielen Fehler auf, die andere sicher übersehen hätten. Die Polizei suchte immer häufiger meinen Rat. Aber auch unter den normalen Toten gab es viele, die nicht hätten sterben müssen.

Ich lege meine Hand auf ihre. „Es reicht, du solltest gehen."

„Nein."

Sie ist immer noch genauso stur wie damals. Aber ich auch. Also gehe ich.

Doch sie kommt mir hinterher. Das Wartezimmer ist leer. Ich schaue auf die Uhr. 19:07. Wie lange waren wir da drin gewesen? Zu lange. Ich halte Ausschau nach dem blonden Schopf der Rezeptionistin. Wie hieß sie noch gleich? Eva oder so. Doch ich kann sie nicht entdecken, höre auch nicht das Klackern ihrer Absätze. Morgen früh wird eine Kündigung auf ihrem leeren Arbeitsplatz liegen.

„Du hast mich nicht geliebt, oder?"

Ich drehe mich nicht um. Ich sehe sie auch in der Fensterscheibe vor mir. Ihr Kopf ist leicht gesenkt, ihren Körper hat sie an den Türrahmen gelehnt. Ihre Stimme ist anders als eben.

„Du hast mich auf die gleiche Art angelogen, mit der auch dich anlügst."

Unwillkürlich ballen sich meine Hände zu Fäusten und ich spüre, wie sich meine Fingernägel in das weiche Fleisch meiner Handinnenfläche bohren. Ich stelle mir die kleinen Halbmonde vor, die später dort abgebildet sein werden.

„Ich will nur die Wahrheit wissen. Hast du mich geliebt?"

Ich drehe mich um. Langsam. Schaue ihr in die verletzten Augen. „Meine Profession als Chirurg habe ich niedergelegt, als ich gemerkt habe, dass ich als Pathologe mehr Geld verdienen kann. Sehen Sie, das Geld ist verlässlich. Geld bricht keine Versprechen. Geld verschließt keine Türen, sondern öffnet sie. Da Sie jetzt keine weiteren Fragen haben dürften, bedanke ich mit hiermit für das Interview."

Ich brauche nicht auf ihre Antwort zu warten. Ich muss es nicht. Ich weiß, dass es keine geben wird. Sie hat ihr Notizbuch wohl auf dem Weg aus meinem Büro aufgehoben. Sie hält es so fest umklammert, dass sich ihre Knöchel klar und deutlich abzeichnen. Ihre Hände passen nicht so recht zu ihrem sonst zierlichen Körper. Sie sind kräftig und groß. Ich kann ihre Fingerspitzen noch auf meiner Haut brennen fühlen. Wie lange ist es schon her? Noch nicht lange genug. Dafür weiß ich es noch zu gut. Thomas wäre heute 25 Jahre alt geworden. Das Alter, in dem die meisten Menschen ihr Leben erst richtig anfangen.

„Immer noch."

Meine Stimme ist schwach. Doch das ist egal. Sie kann es sowieso nicht mehr hören. Sie ist wieder weg.

45. Leere Kalenderblätter

Ihr Kopf brummt noch von der vorigen Nacht. Wann hat das mit dem Kopfbrummen angefangen? Früher konnte sie auch nach einem schlaffreien Wochenende funktionieren. Heute reicht nicht einmal ein ganzer Tag zum Erholen.

Sie hatte schon immer Angst vorm Älterwerden gehabt und beim Zähneputzen am Morgen schaut sie schon lange nicht mehr in den Spiegel. Sie kann ihrem eigenen strafenden Blick nicht mehr standhalten.

An der Stelle ihrer Wand, an der sonst immer ein Kalender hängt, starrt ihr nun ein helles Quadrat entgegen. Sie hatte vergessen, einen neuen zu kaufen. Es ist der zweite Januar und sie war aus Gewohnheit heraus an die Stelle gelaufen. Sie hatte es erst gemerkt, als sie nach dem Blatt des vergangenen Tages greifen wollte und ihre Finger an die raue Wand stießen.

Abgerissenen Kalenderblätter liegen wie Schnee auf dem Boden. Ein Teppich, geflickt aus verlorener Zeit.

Eine schreckliche Gewohnheit. Sie hat oft versucht, sie sich abzugewöhnen.

Sie fragt sich, was sie im letzten Jahr getan hat, um ihren persönlichen Kalender zu füllen. Ihr fällt keine Antwort ein.

Sie setzt sich nieder und merkt wie ihre Gelenke schmerzen. An Stellen, von denen sie lange nicht wusste, dass sie schmerzen können. Ihr kompletter Rücken brennt und ihre sonst stramm nach hinten gezogenen Schultern hängen nur noch müde an ihrem kraftlosen Rücken. Es war ein wenig so, als hätte jemand die Schnur durchschnitten, die sie zusammenhielt.

Sie fängt an am ganzen Körper zu Beben. Sie kann sich noch gut an den Tag erinnern, an dem ihr Mann verstarb. Sie war im achten Monat schwanger.

Lange hat sie nicht trauern können oder wollen. Sie war abgelenkt genug. Nicht lange Zeit später verstarb auch Tom. Sie war wieder alleine. Sie hat sich abgelenkt, hat es wirklich versucht. Sie hat sich wieder verliebt. Sie hat sich ein wenig selbst angeekelt. Sie war erschrocken darüber, wie leicht es ist, die Krater aufzufüllen die ein Mensch hinterlässt.

Jeder geht. Einige früher, als sie erwartet hätte. Andere blieben. Manche länger als ihr lieb war.

Sie schaut sich die Kalenderblätter an. Sie sind alle durcheinander. Dezember. Juli. August. Februar. Alle haben eins gemein: Sie sind leer. Früher hat sie immer auf die Kalenderblätter geschrieben, was sie zu tun hatte. Sie hatte eine Zeit lang sogar Sticker, die sie als Abkürzungen draufklebte. Sie hatte so viel zu tun, sie wäre gar nicht hinterhergekommen, hätte sie alles aufschreiben müssen.

Sie zieht sich an, geht raus. Sie geht in den Laden. Es gibt viele Kalender. Auch die Art Kalender, die normalerweise immer bei ihr zu Hause hängt. Sie geht mit leeren Taschen und vollen Tüten nach Hause. Die Kalender liegen alle noch im Laden.

46. Ein ausgefallener Zug zu viel

Ich bin mir nicht so sicher, was es war. Aber ich glaube, es war auch nichts Konkretes. Es war vielmehr das Zusammenkommen aller Dinge. Ich schätze, ich habe immer schon ein unerfülltes Leben gehabt. Ich wollte immer besser sein als alle. Ich war auch ziemlich zuversichtlich, dass es klappen würde. Es hat nicht geklappt. Ich bin weder tot, noch lebe ich.

Ich war immer in einer Art Zwischensituation gefangen. Auf der Schwelle, könnte man fast meinen.

Der Tod hat zuerst an meiner Tür geklopft und als ich versucht habe mitzuspielen, wurde mir schnell klar, dass das Leben kein Gemeinschaftsspiel ist. Der Tod noch weniger. Meine Mutter hat sich früh umgebracht. Ich konnte es niemandem so wirklich sagen, aber ich habe mir die Schuld darangegeben. Von Anfang an. Es hat lange gebraucht, bis ich es mir selbst eingestehen konnte. Mich von dem Gegenteil zu überzeugen ist mir bis heute nicht gelungen. Ich bin mir nicht sicher, ob sich das noch ändert. Ich hoffe es so sehr. Obwohl, nicht mehr so wirklich. Es ist so lange schon zu spät.

Aurora hat es meiner Mutter gleichgetan. Ich weiß noch, wie sehr es Rhea zerfetzt hat. Alle haben immer dasselbe gesagt. Mir Ratschläge gegeben, nach denen ich nie gefragt hatte. „Weena, nimm es nicht so zu Herzen." „Weena, Alles wird gut." Zeit heilt alle Wunden, haben sie gemeint. Sie wussten natürlich alle nichts. Zumindest nicht das, was wirklich zählte.

Der Tod meiner ersten Tochter, so schrecklich und herzlos das auch klingen mag, nahm mich keineswegs mit. Im Gegenteil. Ich war sogar ein wenig erleichtert. Ich konnte sie nicht lieben. Ich wollte es wirklich sehr gerne, aber es ging einfach nicht. Es wollte nicht von alleine passieren und es wollte auch nicht erzwungen werden. Ich konnte es nicht erzwingen. Ich habe es versucht. Wirklich. Sie erinnerte mich nur an damals. Ich war noch so jung. Erst dreißig Jahre alt. Ich wollte auch endlich abgeholt werden. Ich war mir sicher, dass meine Zeit gekommen war. Obwohl ich so unglaublich viel Angst davor hatte, habe ich es dann doch getan. Die Tabletten schluckte ich nicht wie in den Filmen, eine nach der anderen. Ich kippte mir die Tabletten stattdessen auf meine Handinnenfläche und dann in meinen Mund. Das war nicht das Schlauste. Es war schwer, sie so zu schlucken. Sie lagen mir schwerer im Magen als vermutet. Doch ich hatte es geschafft und als mir meine Augen zufielen, dachte ich, dass ich dieses Zimmer zum letzten Mal sehen würde. Ein Lächeln, schwach und zittrig, machte sich in meinem Gesicht breit.

Wenige Minuten später wurde ich im Krankenhaus wach. Um mich herum so viele Menschen, so viel Lärm. Ich machte meine Augen zu, doch es ging nicht weg. Am schlimmsten war der Morgen danach. Die vorwurfsvollen Blicke. Das Getuschel.

Heute bin ich schlauer. Gleich kommt der Zug. Ich schaue auf die Uhr, merke dass er schon abgefahren ist, als ich noch am Warten war.

47. Frei wie ein Vogel

Die Sonne scheint durch die goldenen Vorhänge auf ihr Bett. Verschlafen richtet sie sich auf.

Melancholie liegt weich wie Federn in der Luft. Sie schaut sich gerne alte Fotos an. Ihr Brautkleid hat so hell gefunkelt. Ihre Zähne haben in einem strahlenden Weiß geglänzt. Ihre Augen haben den ganzen Saal zum Leuchten gebracht.

Sie weiß noch, wie ihre Freundin am Tag nach der Feier zu ihr kam und ihr kichernd ins Ohr flüsterte, dass sie bestimmt den ein oder anderen mit dem Kamerablitz, der im Sekundentakt die vielen Kristalle auf ihrem Kleid erhellte, erblindet hatte.

Sie waren noch so jung und albern. Sie kann sich gar nicht mehr genau erinnern, wie alt sie war. Höchstens neunzehn. Vielleicht sogar noch achtzehn. Sie hatte in dem Moment aufgehört die Tage zum Geburtstag runterzuzählen, als sie anfing die Tage ihrer Beziehung hochzuzählen. Das hat sich bis heute noch gehalten. Wenn sie nach ihrem Alter gefragt wird, schaut sie peinlich berührt zu Boden. Nicht etwa, weil sie sich für ihr Alter schämt, sondern weil sie erst einmal nachrechnen muss. Verschämt flüstert sie dann die Zahl. Nicht weil sie so hoch war, sondern aus Angst sie hätte sich verrechnet. Sie war nie gut in Mathe gewesen. Vielleicht hätte sie ja doch die Schule beenden sollen, wie ihre Freundinnen.

Als er dann um ihre Hand anhielt, hatte sie sie schon bereitgehalten. Sie hatte sie ihm ein bisschen zu früh gereicht und ein bisschen zu schnell, zu laut geschrien: JA!

Sie hat sich schon immer gerne mit glänzenden Sachen umgeben. Wie eine Elster hatte sie alles zusammengeklaubt, was sie finden konnte und aus einem goldenen Käfig wurde schnell ein Halsband. Eine filigrane Kette.

Das Gewicht von dem funkelnden Metall zieht sie von Tag zu Tag immer ein wenig mehr nach unten. Ein bisschen fürchtet sie sich davor, irgendwann mit der Nase am Boden zu schleifen. So wie ihr Kleid damals. Es war hinterher so dreckig gewesen. Sie hat es nie wieder so weiß bekommen, wie es einmal war. Wenn man genau hinschaut, dann sieht man auch noch den Blutfleck auf dem Bettlaken von damals.

Ihre Kinder wohnen schon lange nicht mehr zu Hause und ihr Rücken ist immer nur gekrümmt. Ihr Kopf immer bekümmert nach unten gerichtet. Sie schaut in den Spiegel und sieht ihre Mutter.

Heute Abend ist das Treffen ihres Abiturjahrgangs. Sie hätte es fast vergessen, fast verpasst. Aber sie hat es nicht vergessen. Ebenso wenig wie sie die Geburtstage ihrer ehemaligen Klassenkameraden vergaß – was manchmal mit einem „Entschuldigung, aber wer sind Sie?", gestraft wurde.

Sie überlegte sich, einfach nicht hinzugehen, aber es war doch ihre Neugier, die sie dorthin trieb.

Vielleicht auch ihre Langeweile.

Es war ihr Ehering, der sie zu Hause hielt.

Handschellen aus Gold.

48. Luftschlösser jetzt zu vermieten

Er hat sich schon an die Menschenmasse gewöhnt, die jeden Tag an ihm vorbeipilgert. Er hat sie schon so häufig gesehen, dass er mittlerweile einige unbekannte Gesichter in der anonymen Menge ausfindig machen kann. Manche bleiben kurz vor ihm stehen. Die meisten gehen einfach weiter. Mit gesenktem Kopf, den Blick starr auf den Boden vor ihnen gerichtet.
Er hat die Augen geöffnet; in den Himmel blickend sitzt er unter allen anderen und träumt von einem besseren Leben.
Vor ihm ist eine Schüssel mit winzig klein zusammengefalteten Zetteln. Es müssen Tausende sein.
Neben der Schüssel, ein Hut. Ein paar Münzen glänzen dreckig in der Abendsonne. Kaum genug, um seinen knurrenden Magen zu füllen.
An den Hut angelehnt, ein Stück Pappe, schon total abgegriffen. Die Schrift ist ein wenig zittrig. So als hätte der Schreiber sich vor dem gefürchtet, was er schreiben wollte.
Vor dem Schild liegt ein Fotoalbum. Es ist aufgeschlagen. Links sieht man einen kleinen Jungen: Er sitzt auf einem schwarzen Pony und lacht glücklich. Rechts daneben sieht man das Bild einer Frau, ihr Gesicht im Fallschirmsprung ein wenig verzerrt.
Auf dem Schild stehen nur wenige Worte. Genug.

Luftschlösser jetzt zu vermieten. Gegen eine milde Gabe.
Ich kann sie leider nicht mehr mit Leben füllen.
Bitte bringt sie mir zurück, wenn ihr sie nicht mehr braucht.

Unter den Fotos stehen vereinzelt Sätze:
Die Wolken berühren.
Einen ganzen Tag entspannen.

Heu riechen.
Omas Kuchen essen.
Einen Fremden glücklich machen.
Eine Freundin zum Lachen bringen.
Ein Kind zum Lachen bringen.
Lachen.
Glücklich sein.

So viele Leute besitzen schon mit knapp dreißig Jahren ihre erste Eigentumswohnung. Warum haben sie die Schlüssel zu ihren Luftschlössern auf dem Weg dorthin verloren oder gar eingetauscht?

49. Was Geld doch kaufen kann

Früher, da habe ich die Tage zu meinem achtzehnten Geburtstag heruntergezählt. Endlich frei, habe ich mir gedacht.
Heute zähle ich, wann ich endlich in Rente gehen darf. Fünfzehn Jahre noch. Endlich befreit.
Genug Geld habe ich eigentlich schon zusammengesammelt. Aber kann man wirklich jemals genug von etwas so machtverleihendem wie Geld haben?
Ich glaube nicht.
Ich bin mir ziemlich sicher, dass ich die Frau die mich heute in der Hotellobby angesprochen hat schon einmal gesehen habe. Ich vergesse Gesichter nicht. Obwohl ihre Gesichter sich immer mehr zu ähneln beginnen. Ehrlich gesagt, sehen sie immer gleicher aus.
Aber es war nicht ihr Gesicht. Es war ihre Stimme. Sie erinnerte mich an die Stimme meiner Mutter.
Nein... Das war es nicht. Obwohl es das Naheliegendste gewesen wäre.
Sie kam mit auf mein Zimmer. Eine Routine, die ich zu lieben gelernt habe. Die Putzfrauen sorgten dafür, dass alles wieder sauber und unberührt war. Sie reinigten in gewisser Hinsicht mein Gewissen. Löschten die Erinnerungen. Jeden Abend war das vom Vorabend befleckte Laken wieder weiß wie frischer Schnee.
Ich kam ein wenig früher zurück als ich es ursprünglich geplant hatte. Die leise Befürchtung in mir, dass die Putzfrauen noch nicht da gewesen waren, verstummte schnell, als ich das perfekt aufgeräumte Zimmer sah.
Auf seinem Bett liegt ein Foto. Ania. Wie habe ich ihre Stimme nicht erkennen können? Ihr Gesicht sah anders aus als ich es in

Erinnerung hatte. Und ich habe es gut in Erinnerung. Ich kann mich noch an jede noch so kleine Sommersprosse um ihre Nase herum erinnern. Es war ein wenig so wie wenn man Landkarten plötzlich aus dem Kopf heraus zeichnen kann. Wenn man den Weg schon ein paar Mal zu häufig mit dem Finger entlanggefahren ist.

Wie oft bin ich mit meinen Fingerspitzen über ihre Haut gefahren um die Sternenbilder in ihren Sommersprossen zu verbinden?

Ich gehe um das Bett herum. Auf dem Nachttisch, auf der Seite, auf der sie ihre Nacht verbracht hat, liegt ein Zettel.

Ich erkenne ihn wieder, habe ihn eigentlich sogar selber geschrieben.

Danke.

Blockbuchstaben. Ich hatte keine typische Arztschrift. Es stand jetzt ein kleines *Nein* davor. Das Geld lag noch immer unter dem Glas. Genauso, wie er es hinterlassen hat.

Sie ist weg. Genauso wie damals vor so vielen Jahren auch.

Ich gehe raus.

Ich habe meine Träume alle weggegeben. Alle meine Luftschlösser habe ich verschenkt. Sie wurden alle abgerissen, nahmen zu viel kostbaren Platz ein. Jetzt stehe ich ohne Zuhause im Regen und warte auf nichts.

49. Halbzeit

Em,

das ist vielleicht nicht der beste Anfang für einen Brief wie diesen, aber ich muss es endlich loswerden.

Es hat mich einfach fertiggemacht, es niemandem sagen zu dürfen. Nein, zu können. Es hat mich fertiggemacht, es dir nicht sagen zu können. Du bedeutest mir so viel.

Viele würden meinen, ich sei zu alt dafür. Das ist doch nur etwas für junge Menschen. Vielleicht haben sie ja Recht. Ich glaube aber nicht, auch wenn ich mir noch nicht so ganz sicher bin. Ich hoffe es.

Drei Wörter. An sich klein doch unbeschreiblich groß. Ihre Bedeutung würde nicht in drei Bücher passen. Und schon gar nicht auf drei Blätter. Leider habe ich nichts mehr zu Hause. Du weißt ja, wie wenig ich mittlerweile besitze. Es war schon schwer gewesen, die drei Blätter aufzutreiben. Das erste war in meiner Schreibtischschublade. Das zweite habe ich im Drucker gefunden und das letzte nur durch Zufall in der Küche gefunden. Ich weiß nicht, wie es dahin kam.

Ich weiß vieles nicht mehr so genau. Ich komme langsam in dieses Alter wo einiges zu verschwimmen beginnt. Aber bei Weitem noch nicht alles.

Als ich dir zum ersten Mal geschrieben habe, hätte ich mir niemals erhofft meine Seelenverwandte in dir zu finden. Du hast mir von all den Traditionen und Bräuchen erzählt, mit denen du groß geworden bist. Du hast mir von deinen langjährigen Kindheitsfreunden erzählt und davon, wie sehr du sie schätzt. Du hattest nicht viele, aber die Freundschaften die du hattest, hast du ge-

pflegt. Ich war nie in der Liste der „Alten Freunde". So hast du sie genannt. Ich wollte aber auch nie da rein.
Wir sind nicht zusammen alt geworden. Wir sind zusammen jung geworden.

Ich glaube, dass es untertrieben wäre, würde ich dir jetzt sagen, dass ich den Rest meines Lebens mit dir verbringen möchte. Es wäre auch fast schon überheblich. Ein bisschen zynisch. Doch es stimmt. Ich möchte den Rest meines Lebens mit dir verbringen. Alles was mein ist, soll dein sein. Auch wenn es nicht viel ist. Ich will dein sein. Auch wenn ich nicht viel bin.

Ich kann mich noch genau an meinen ersten Liebeskummer erinnern. Ich glaube, so was vergisst man tatsächlich nie. Ich kann mich auch genau an meine erste Liebe erinnern, Em. Du warst sie nicht. Du bist auch kein bisschen wie sie. Ich weiß, du zweifelst oft an dir. Einfach weil du immer noch nicht so bist, wie andere es sind. Du ziehst keine roten Kleider an. Auch keine schwarzen. Gar keine. Du trägst auch die Haare nicht gerne offen. Es ist dir nicht bequem genug. Du fühlst dich so nicht wohl. Aber ich fühle mich wohl bei dir. Ich bin froh, dass du kein bisschen so bist wie die Frauen, die ich vor dir kennenlernen durfte. Du bist so viel bodenständiger. So viel lebhafter. Du bist glücklicher. Und du machst mich glücklicher.

Du hast so viele Facetten. Du bist so dreidimensional. Du bist so anders, als alles andere, das ich kennenlernen durfte.
Wir sind nicht zusammen auf die Welt gekommen. Wir werden sie nicht zusammen verlassen.

Ich wünschte, wir hätten mehr Zeit gehabt. Aber Wunschdenken

bringt hier nichts. Das hast du genauso früh gelernt wie ich.
Man darf nicht warten und hoffen, dass das Leben sich schon
irgendwie von alleine regelt.
Mein Leben ist halb um. Zumindest sagt man das immer über
Fünfzigjährige.

Mein Leben mit dir fängt gerade erst an. Zumindest wenn du das
auch willst.
Ich liebe dich.
Dein   Milo

Inspirationen

Ich bin mir sicher, dass bestimmt eigentlich gar nichts von dem was ihr gerade gelesen habt so wirklich originell ist. Ich habe schon immer geschrieben. So lange ich denken kann eigentlich. Aber ich will es ja nicht zu sehr dramatisieren. Jedenfalls, das worauf ich hinaus möchte ist, dass mich bestimmt ganz viele Dinge inspiriert haben. Das ist was ich daraus gemacht habe. Das ist, wie ich Allem gegenüber stehe.

Dieses Buch ist alles andere als perfekt. Es ist einfach nur ein bisschen Ceren.

Ein Paar Dinge die mich inspiriert haben:
Buttonpoetry. Ganz ganz viele Künstler dort sind unglaublich begabt. Ich habe mir jedes einzelne Video bis jetzt auf dem Kanal angeschaut.
„Der Märchenerzähler" von Antonia Michaelis, ein wunderschönes Buch, mein Lieblingsbuch.
„Das Kartengeheimnis" von Jostein Gaarder.
„Schönes Goldenes Haar" von Gabriele Wohmann.
„Homo Faber" von Max Frisch.
Wow der Deutschunterricht ist rückblickend schon ganz schön inspirierend.
Natürlich gibt es da noch die Menschen, die man zum Beispiel ausversehen in der Bahn anstarrt. Danke auch euch unbekannte Fremde. Ich bin mir sicher, auch ihr habt euren Teil hierzu beigetragen. Danke, dass ihr mich unterbewusst beeinflusst habt.

Danke.

Als erstes möchte ich meinen Eltern danken. Mama, Papa, danke, dass ihr mir beigebracht habt auf meinen eigenen Füßen zu stehen. Ihr habt mir so viel ermöglicht. Ich bin euch auf ewig zu Dank verpflichtet.
Acun Abla, hersey icin cok tesekkür ederim.
Gürbüz amcacim. Seni cok seviyorum. Sen de beni sevdigin icin tesekkürler.
Es gibt so viele Leute denen ich dankbar bin, dass sie mich auf meinem Weg begleiteten. Auch wenn er bis jetzt noch recht kurz war und die Redewendung vielleicht ein bisschen zu theatralisch ist. Danke an alle, die das Buch gekauft haben.
Ich möchte insbesondere Sema danken. Danke du kleine Wüstenrennmaus. Ich weiß noch den genauen Zeitpunkt an dem ich beschlossen habe, dass ich ein Buch schreiben möchte. Es war im Methodenunterricht von Herr Ercan. Eigentlich total banal. ‚Kreatives' Schreiben. Du bist später zu mir gekommen und hast mir gesagt wie schön die Geschichte war. Im Sommer darauf ist nicht viel passiert. Ich habe ein bisschen was probiert aber war nie so wirklich zufrieden. Erst nachdem ich den Schreibwettbewerb an der Schule gewonnen habe. Eigentlich sogar schon ein bisschen davor. Du warst die Erste, die die Geschichte gelesen hat, die ich einreichen wollte. Du warst so begeistert. Das hat mich mehr motiviert als es irgendetwas anderes könnte. Du wolltest mehr lesen und ich hatte mehr als genug in meinem Kopf. Ich habe also ein paar hier gesammelt, damit auch du sie lesen kannst. Ich hätte niemals gedacht, dass es zu einem Buch kommen wird. Theresa kam irgendwann dazu und hat mitgelesen. Danke auch dir, Theresa. Und danke Sema. Danke für deine positive und motivierende Art. Für dich waren es bestimmt kleine, unwichtige Gesten. Für mich war es genau das, was ich gebraucht habe. Es sind die kleinen Dinge die einen am glücklichsten machen. Ich wusste nicht, dass ein so kleiner Mensch ein so großes Herz haben kann. Ich konnte es mir nicht verkneifen, wollte es auch nicht. Darfst mir auch den Kopf abreißen, aber erst mal gehen wir essen.

Max. Danke, dass du es so lange mit mir ausgehalten hast.

Timu, Danke, dass du mir in letzter Sekunde den Allerwertesten gerettet hast!

Sophia. Ich hab dich lieb. Alles wird besser. Indianerehrenwort.

Julius und Luisa, ihr gehört auch zur Familie, hab euch lieb!

Melanie, dich hab ich natürlich auch lieb. Fühl dich gedrückt!

Didem, du hättest ruhig öfter mit mir reden können, schau mal was das bisschen bei mir bewirkt hat. Ich habe angefangen mir selbst zu vertrauen.

Danke Kristin. Du bist schon lange nicht mehr ‚nur' eine Lektorin für mich. Warst du von Anfang an irgendwie nicht. Ich versteh mich selten auf Anhieb gut mit Menschen. Mit dir habe ich mich auf Anhieb gut verstanden. Ohne dich wäre das Buch nicht einmal ansatzweise so gut geworden wie jetzt. Und danke auf dafür, dass du immer wieder alle meine widerspenstigen, sich wiederholenden Fehler korrigiert hast. (Hoffentlich waren jetzt alle widers und widers richtig.)

Herr Müller. Sie sind die Ruhe in Person. Ich habe noch nie Jemanden getroffen der so glücklich ist wie Sie. Sie haben mir gezeigt, Sachen nicht zu hetzen. Sie haben mir gezeigt, wie ich werden möchte. Dankeschön.

Herr Zilles, Danke, dass Sie uns nicht zu hirnlosen Robotern erziehen. Das ist dann doch wichtiger als die Waschwirkung von Seifen.

Frau Üttinger. Bei Ihnen ist es ein bisschen so wie bei Sema. Sie haben mir die Motivation gegeben weiter zu schreiben. Dankeschön.

Frau Keck. Ich habe viel zu viel Zeit mit Ihnen verbracht. Und das ist keineswegs böse gemeint. Sie haben mir gezeigt, dass man so viel aus dem Nichts erschaffen kann. Und, dass manchmal ein bisschen Planung viel Ärger einsparen kann. Sie haben mir vor Augen geführt, wie wichtig es ist, realistisch zu bleiben. Fehler sind okay und gehören dazu. Man muss sie nur verbessern. Man muss nicht immer am lautesten schreien, um gehört zu werden. Man kann viel wissen und trotzdem ruhig sein. Dankeschön.

Frau Kas. Sie hatten Recht. Mit Allem. Ich wünschte ich hätte früher auf Sie gehört. Die Zeit vergeht schneller als man denkt und alles ist nicht einmal halb so schlimm. Manchmal muss man nicht viel sagen und hat schon alles gesagt, was man sagen musste. Danke. Es tut mir leid. Ich weiß, ich war nicht immer einfach. Eigentlich nie.

Frau Pala. Sie waren immer mehr als eine Lehrerin für mich. Sie haben mir das Fundament geschenkt, auf dem ich gerade stehe. Man kann ein noch so pompöses Schloss bauen. Wenn man es auf Sand baut hält es nicht. Danke. Ich stehe felsenfest auf beiden Füßen. Ich habe es fast geschafft.

Danke an alle Leute die mir gezeigt haben, wie ich werden möchte. Danke aber auch an diejenigen, die mir das Gegenteil von dem was ich werden möchte vor Augen geführt haben.

Das Beste kommt zum Schluss sagt man.

Melissa. Ich hoffe, dass ich dir ein gutes Vorbild sein kann. Ich gebe mein Bestes. Ich hoffe, du kannst aus meinen Fehlern lernen.

Volkan. Ich liebe dich aus tiefstem Herzen. Du bist die wichtigste Person in meinem Leben. Du hast mir die Schönheit in einfachen Dingen gezeigt. Man braucht kein pompöses Schloss. Die Kranhäuser sind eh viel schöner. Du bist der Grund, warum ich weitergemacht habe. Du bist der Grund dafür, dass ich heute so bin wie ich bin. Du hast mich gezwungen nicht aufzugeben. Du hast es mir verboten. Alles andere hast du mir erlaubt. Danke, dass ich aus deinen Fehlern lernen darf. Danke, dass ich bei dir ich sein darf. Danke, dass ich mit dir lachen darf. Danke, dass ich mit dir weinen darf. Danke, dass du der beste große Bruder bist, den man sich vorstellen darf.

Zeitfracht Medien GmbH
Ferdinand-Jühlke-Straße 7
99095 Erfurt, Deutschland
produktsicherheit@kolibri360.de